離縁前提の結婚ですが、冷徹上司に甘く不埒に愛でられています

プロローグ

――はじまりは今でも鮮明に覚えている。

オレンジ色の柔らかな日差しが射しこむ、ふたりきりの終業後のミーティングルーム。

私の告白を聞いたその人は、端整な顔から眼鏡を取り払うと、面白がるように一歩一歩近づいてきた。

「――決めるのは、あなたです」

艶のある低い声。コツコツと響く革靴の音。朝からまったく乱れない質のいいダークスーツ。

サラリと揺れた黒髪の下から、怜悧《れいり》な美貌が現れた。

「えっ、あの……」

普段のポーカーフェイスからは想像のできない、悪戯《いたずら》っぽく上がる口角と、ゾクッとするほど艶かしい色気に圧され、自然と私の足は後退していく。

「俺があなたの思うような男かどうか、ここでよく確かめていってください」

すぐに腰がデスクにコツンとぶつかって行き場を失う。

それをいいことに、私をしなやかな腕の檻で囲い、さらに身を寄せてくる彼。

「後悔のないようにね」

冷静沈着で、他人に関心のなさそうな彼の突然の行動に驚き頭が働かない。

「あなたの好きな秘書室の悪魔《おとこ》は、あなたを手籠めにしようと目論んでいるような、とっても悪いやつかもしれないですから」

その瞬間、デスクに押し倒され、こちらへ手が伸びてきた。うなじを引き寄せられると同時に、彼の唇が私の唇を深く深く塞《ふさ》いだ。

彼がなんて呼ばれているのか、うちの会社で知らない人はいないだろう。

――秘書室の悪魔。

鷲宮《わしのみや》グループのグループセレクタリーである私たちは、ひとりの上司を複数人で担当し、エグゼクティブたちの日々を支えている。

彼はその部門のゼネラルマネージャーだ。

常に物事に動じず、誰よりも仕事に忠実。冷ややかな物言いは、取り入る隙がないと言われているけれども、誰もが一度は見惚れてしまう怜悧《れいり》な美貌を持っている。

みんなはそんな彼を敬遠しているけれども、偶然彼の優しさに触れた私は、密かに彼を思い続けてきた。

だけど、まさかこんなことになるなんて――

ひとしきりキスで私を翻弄した彼は、唇を首筋に移動させた。

「――あなたみたいに無防備な人は、易々と食べられてしまうかもしれないですね」

唇が胸元に降りていく感覚に、心臓が壊れそうなほど高鳴った。

啄《ついば》んだ箇所を舌で労わるように優しく舐められ、無意識によじった腰を逃げないように両膝で押さえこまれた。

私の五年越しの恋は、とんでもない転機を迎えてしまった――

第一章　見合いの打診

そんなことのはじまりは、その日の朝にさかのぼる――

一大イベントの株主総会を終えてホッとしていた七月初旬。

出社早々、会長に執務室に呼ばれた私は衝撃的な打診を受けていた。

「え……私が、お見合い、ですか？」

驚いて肩を震わせた拍子に、ひとつに束ねていた長い栗色の髪のひと筋が、はらりと顔の横に落ちてきた。

夏日と予想されている今日は、百四十七センチの体に薄手のシフォンシャツとブルーのAラインのスカートを身に着けている。幼く見られがちな顔には、いつものように軽いメイクをしてきたが、きっともう汗や緊張からほとんど残っていないだろう。

信じられない思いで、プレジデントデスクにいるボス・鷲宮会長を目をパチクリさせて見つめる。

「あぁ、すでに顔見知りだろうが、ぜひともあいつと縁があったらと思ってね」

まさかの言葉に、驚きすぎて二の句が継げなかった。シャツとスカートが、鼓動とともに動いているように錯覚した。

私ひとり呼び出され、なにかとんでもない失態があったのかと不安で仕方なかった。

用件が見合い話で一瞬肩の力が抜けたが、相手の名を聞いて卒倒しそうになってしまった。

まさか、こんなことがあるなんて……

「あいつは不愛想で仕事のことしか考えていないが、誰にでも優しくて仕事にも一生懸命な國井《くにい》さんとなら、うまくいくような気がしてなぁ」

「で、でも」

「返事は急がないよ。あいつは癖のあるやつだからな。だが、受けてくれる気になったら、すぐにでも声をかけてくれ。じゃ、肇《はじめ》のところへ行ってくるよ」

「あっ、会長——」

会長はそれだけ言うと、私の返事を聞く前に子息である肇社長のもとへ行ってしまった。同族経営の我が社では、仲のいい親子であるおふたりが連携して経営に当たっている。

でも、ちょっと待ってほしい……

予想もしていない、夢みたいなお話に、私はしばらくその場を動くことができなかった。


——ここは、都内港区にそびえる、鷲宮ホールディングス本社ビル、二十七階・役員執務室。旧鷲宮財閥の流れをくむ我が社は、業種や業態が違うあらゆる一流企業をマネジメントする純粋持株会社であり、私、國井桜《さくら》・二十七歳が、大学を卒業後五年ほど勤める企業である。

千を越える傘下を抱え、国内でも五本指に入る超優良企業。大学で猛勉強し、国際秘書検定を取得した私は、ここのグループセクレタリー、会長・鷲宮榮《さかえ》の第二秘書として、目まぐるしい日々を過ごしていた。

花形職業とは言われているけれども、恋愛はご無沙汰。彼氏ができたのは大学時代のたった一度だけで……入社してからは、不毛な片思いを温め続けていた。

そんな私に、まさか、こんなお話があるなんて。


「会長に呼び出されたと思ったら、見合い話だったたって――なにその漫画みたいな出来事」

昼休み。会社近くの行きつけのイタリアンカフェで今朝のことを掻い摘んで話すと、同じ秘書で同期の佐伯友子《さえきともこ》が目を剥いた。グラビアアイドルのようにセクシーなのに、そんじょそこらの男よりも負けん気の強い彼女は、頼りになる私の親友だ。

ちなみに、我が社でもっとも多忙を極める、会長の子息・肇社長の第二秘書だ。

「それも相手は、ゼネマネ!?」

うんうん！　何度も頷いて興奮を伝える。

「私もびっくりしちゃって。詳細を聞く前に会長は行っちゃったんだけど」

「バカね……。あんた、ずっと好きだったんだから、こんなチャンスないんじゃない？」

あからさまに言われて、ポッと頬が赤くなる。

――相手の名前を聞いたとき、私もまさかと思った。こんな偶然あるんだろうかって……

ゼネマネとは、鷲宮グループの秘書たちの統制をはかり、秘書統括責任者《ゼネラルマネージャー》という秘書の最高峰の役職に就いている、私たちの上司・嶋田千秋《しまだちあき》さんのことだ。年齢は確か、三十四歳。

長身で均整のとれた体躯《たいく》。サラリと斜めに流れる漆黒の髪。セルフレームの眼鏡から覗く、誰もが振り返るほどの美貌……

会長のお孫さんでありこの鷲宮ホールディングスの源流企業・鷲宮フーズの社長、鷲宮英斗《えいと》さんの担当秘書でもある。そもそも鷲宮グループのグループセレクタリーの体制は、他とは少し違う。

通常ならひとりの上司を複数人で担当することを示すほうが多いが、私たちはどちらかというと〝鷲宮グループに所属する秘書〟という意味合いの方が強い。

ひとりの上司につき二名ほどの担当秘書がいて、執務室で業務にあたり行動を共にしている。社内業務を円滑に行うために、上司の不在時は、室長のいる秘書室にて、情報共有をしながら業務を進めている。

そして、グループ会社の秘書室を統括する立場にあるのが、彼、嶋田さんだ。

本来は担当に就く必要のない立場だが、そこは会長からの個人的な依頼なのだとか。

だから普段は、都内にある鷲宮フーズに勤務していて本社にはいない。

私はひょんなことがきっかけで彼に思いを寄せていた。

「――まぁ、あたしはなに考えているかわからない〝秘書室の悪魔〟なんて、いくらボスの頼みだとしても願い下げだけどね～」

「悪魔なんかじゃないってば、もう」

ジロリと見やると、パスタを口に運びながら友子が肩を竦める。

そう、知的で凛とした美貌を持っている彼なのだが、実は――影で〝秘書室の悪魔〟と呼ばれている。

というのも、常に真っ黒いスーツに身を包み、冷静沈着で仕事にとても厳しい。業務をこなす能力は一級品なのだが、歯に衣着せぬうえに慇懃《いんぎん》な敬語口調が、周囲から敬遠されているのだ。まぁ、要は……悪口だ。

今回のお見合いは、とっつきにくく仕事人間の彼を心配した会長のお膳立てのようだ。

自分にも周囲にも厳しい嶋田さんは、理性の塊のような人だ。これまで浮いた噂ひとつ聞いたことがない。

そんな彼への思いは不毛だと考えてきたけれど……まさかの事態に胸の鼓動を抑えられない。

「でも、月末から、例のカナダの御曹司のサポートで、こっちに戻ってくるんでしょう？　見合いはいいけど、気まずくならないことを願うばかりね」

「……うっ、それを言われると」

友子の言うことはもっともだ。

今月末から、十一月上旬に控える創業百五十周年レセプションパーティーまでの約三ケ月間。カナダのグループ企業の御曹司が、事業締結とトップマネジメント研修のため我が社に長期間来社することが決まっている。

身内事情なのもあって、その御曹司は期間中肇社長の傍に身を置くことになっている。その期間中の秘書……いわばその御曹司のサポート役として、経営知識と語学力に長けた嶋田さんに白羽の矢が立ったわけだ。

彼はペンタリンガルという五ヶ国語以上話せる逸材の上に、情報収集能力も高い。周囲への影響を最小限に留め、円滑にサポートをこなせるのは彼しかいないと、満場一致で決まったらしい。

つまり期間中は、彼と勤務地が同じになる。

「もちろん、せっかく同じ場所で働ける機会を台なしにしたくないから、迷惑をかけるつもりはないけれど」

嶋田さんがお見合いについてどう考えているかわからないし、自分の気持ちを押し付けるつもりは毛頭ない。

もっとも、進展を期待している恋ではない。仕事に取り組む彼の姿を見つめているだけで満足だから。

あわよくば……という邪念がないわけではないけれど。

「ふふっ、まぁ、せっかくのチャンスなんだし、その点も伝えた上で会長に取り持ってもらえばいいんじゃないの？　この話、受けるんでしょ？」

「……決まったら声をかけてくれって言われたし、今日の帰りに返事をしようと思っているよ」

親友はなにもかもお見通しだ。結果は別として、これを機に少しでも彼のことを知れたら嬉しい。

「あたしや坪井《つぼい》さんは、月末からゼネマネと同じ職場になるってだけで、背筋に悪寒が走って仕方ないのに、幸せそうで羨ましいわ」

アイスティーを飲みながら苦笑する。坪井さんは友子の相棒で、肇社長の第一秘書だ。

「ゼネラルマネージャーはわけもなく厳しくする人じゃないよ」

今までに何度かスケジュール調整やメール対応について、厳しく指導を受けたことがある。

でもそれには、高齢の会長の体調面を考えてだったり、意味の取り違いを防いだりする意図があった。

『少し考えれば、わかることです』と、言いかたはなんとも手厳しいが、目に見えないものまで細やかに想定し気づかう姿に感銘を受けた。

会議資料や報告書を突き返されることが多く、膝から崩れ落ちそうになることもあるけれど。

「あの無表情と敬語のご指摘を前に笑顔でいられるのは、あんたくらいよ」

能天気で楽観的だと揶揄《やゆ》したいのだろう。

「……私だって、凹《へこ》むときはあるよ？　情状酌量の余地が欲しいなとか」

「はいはい。恋する乙女はいつも幸せで羨ましいわね～。見合いの返事、ちゃんとするのよ？」

――もう、全然聞いていないんだから。

友子がケラケラ笑いながら時計を見て「時間ね」と席を立ち、私もそれにならう。

立った拍子に、取ろうとした伝票がはらりと床に落ちてしまった。

あ……！

すると、ピカピカの革靴が目の前に来て、私が手を伸ばすよりも早く伝票を拾いあげてくれた。

革靴の主の顔を見たところで、声を詰まらせてしまった。

「ありがとうござ……」

「情状酌量の余地もない厳しい男で、すみませんね」

……たった今まで、話題の中心にいた知的で凛とした美貌が、私より頭ふたつ分ぐらい高い位置から見下ろしていた。

「ぜ、ゼネラル、マネージャー」

友子が「げっ」と小さな悲鳴を上げた。

「どうぞ」

伝票を手渡され、反射的に「ありがとうございます」と受け取る。

嶋田さんはそのまま何事もなかったように、涼しい顔でカフェを出ていってしまった。

嫌味が含まれていたことに気づいたのは、カフェの扉が閉まったあとだった。

――もしかして私、とんでもない誤解をされている……？

仕事に戻りながら、サーッと血の気が引いた。

◇

――恋のきっかけは五年前。

秘書室に配属され、数週間が経過しようとしていた頃だった。

鷲宮会長は年齢を理由に肇社長に経営のほとんどを委《ゆだ》ねていて、出勤は週に数回の非常勤形態をとっている。私と第一秘書の藤森《ふじもり》さんは、ほかにふたりの非常勤役員秘書も兼任することで業務バランスをとっていた。

今ではこなせる内容だけれど、その頃は社会人になりたてで、ひとり暮らしをはじめたばかりの私にはなかなかのハードワークだった。

『國井、会食は明後日がはじめてだよな？　抜かりないように、会議までの間に最終チェックしておくぞ』

『ありがとうございます。お茶出しを終えたらそっちに行きます、藤森さん』

私の指導役で、第一秘書の藤森さんは、佐藤《さとう》室長の隣にデスクを置くサブリーダーだ。

格闘選手のようなガタイながらも後輩思いで、熱血指導をしてくれるベテランの先輩だ。

この頃は株主総会が近いことから忙しく、休憩の合間に予習復習に付き合ってもらうことが多かった。手の抜きかたを知らず、毎日あっぷあっぷしていたのも覚えている。

そして、この日とうとう限界がきた――

『失礼します』

給湯室からトレイに会長の好きな茶葉とティーセットを載せて、執務室に持っていく。

プレジデントデスクの顎髭《あごひげ》老紳士の前に、ダークスーツの後ろ姿が見えた。

――嶋田さんだ。

会長は彼を定期的に呼び寄せ、秘書室内の報告を受けたり、孫の英斗社長の近況を楽しそうに聞きだしたりしている。

彼の話はよく聞いていた。

綺麗な外見とは裏腹に、クールな物言いと容赦ない指摘をすること。

そんな彼は、みんなから恐れられていて、悪魔だのロボットだのと言われていること。

でも、私はそれを聞いても、みんなと同じように彼を嫌うことはなかった。

仕事上なにかと報告や相談をすることが多いが、みんなが言うほど彼の言葉をキツイとは感じないし、どんなに忙しくてもきちんと足を止めて丁寧に答えてくれる誠実な人だったからだ。秘書業務をしながらグループ会社の秘書室を統括する彼は、想像よりも遥かに多忙だろうから、なかなかできることではないだろう。

『ありがとう、國井さん』

『いえ』

お茶出しを終え、会長に笑みを返しその場をあとにしようとしたときのことだった。

目の前が霞《かす》んで、ぐらりと視界が揺れる。

『あ……れ……？』

全身から力が抜けて、膝から崩れ落ちる。

……やだ……倒れる。

遠のく意識の中でそう悟った瞬間、力強い腕がぐっと腹部に回りこみ、ふわりと身体が浮いた。

え……？

『顔色が悪いと思ったら……貧血でしょうか。健康管理を怠《おこた》るなど言語道断です』

爽やかなグリーンの香りとともに、低く静かな声が鼓膜を震わせ、失いかけた意識がぼんやりと浮上する。

『國井さん！　大丈夫か!?』

『部屋に入ってきたときから顔色がよくなかったので、おそらく疲労かなにかでしょう。会長はそのままお過ごしください。彼女はこのまま医務室に運びます』

どういうことだ。嶋田さんの整った顔がすぐ近くにある。わけがわからぬまま、心地よい浮遊感に身を委《ゆだ》ねていると、会長の声が扉の向こうに消えていく。

パタリと扉が締まり、廊下のひんやりした空気にふれたところで、ようやく気づいた。

お姫さま抱っこされている……！

『すみ、ません……迷惑かけて、じぶんで歩きます……。ふじもりさんにも、ほうこく、しなきゃ……』

そう思うのに……どうしよう。クラクラして体が言うことを聞かない。全身に力が入らない。罪悪感でいっぱいになりながら、グリーンの香りのするスーツに、吸い寄せられるように頭を預けてしまった。

『はぁ、体力バカの藤森さんは加減を知らないからな……少し注意しておくか。あなたも、自分の限界くらい見極めてください。入社したてで夢中になるのはわかりますが、体を壊したら元も子もないでしょう』

藤森さんが……なに？　見極める……？

いつもより穏やかな声。もしかして、心配してくれているんだろうか……？　今にもくっつきそうな瞼《まぶた》を開けて、頑張って聞き取ろうと整った顔を下から見つめていると、

『まぁ……仕事熱心なのは、評価しますが』

柔らかな眼差しが私をとらえて、薄い唇が緩やかに弧を描いた。

その瞬間、朦朧《もうろう》とする私の脳内に、うららかな春の風が舞いこんだ。

あぁ、なんて温かく笑う人なのだろう……

そう——私は一瞬にして、その優しい笑顔に恋をしたのだった。

会長の計らいで、その後私は数日間の有給をもらった。そこから、私生活でも仕事でもいい意味で手を抜くことを覚えていったと思う。

藤森さんからは、しつこいほど謝罪してもらった。彼の熱心な指導が厚意からなのはわかっていたし、私の体調管理が不十分だっただけなのに。

『つい熱が入りすぎて、申し訳なかった！』

出勤してすぐ泣きつかれるものだから、どうしていいのかわからなかった。

——あれから、もう五年になる。

出勤後、お礼と謝罪を兼ねて送った彼への社内メールに返事はなかったし、もちろん仕事以外で会話をすることもなかった。けれど、私の気持ちはずっと変わらない。

◇

会長が出社する日は、だいたい会議や打ち合わせがある。

朝のスケジュール確認からはじまり、メールチェックや資料のファイリング。午後はスケジュール調整や打ち合わせや会議の準備、来客の応対など。このほかに資料作成や視察への同行、会食などが舞いこんでくるのだから、秘書という仕事は本当に日頃から気を抜けないと思う。

友子と慌ててカフェから戻ったこの日も、午後から経営会議が行われた。

「予定通り、クリスの来日後は例の事業で忙しくなるからふたりとも頼んだぞ」

「お任せください」

会議を終え執務室に戻ってきた会長は、表情を緩めて私たちに声をかけた。

留守を預かっていた私も、藤森さんの返事に頷き微笑む。

「今回の主導はレノックスに任せているが、事業発足のために、うちも力を尽くさねばならん。規模が大きいだけにプレッシャーも大きいかもしれないが、いつも通りな」

レノックスとは会長の友人の経営する、例のカナダの御曹司・クリスのいる企業だ。欧米での電子機器事業を担う、ウチのグループ企業のひとつでもある。海外の情報システムやデータ分析事業を展開していて、我が社はそこととともに、とあるベンチャー企業との事業提携を試みている。規模が大きいだけに、上層部は一層慎重だ。

会長は書面を見ながら、しばらく難しい顔をしていた。

「……事業といえば、先日会食をした永谷社長から直々にご連絡がありましたね」

先が長い段階で、煮詰めすぎるのはあまりよくない。私は難しそうな顔をしている会長に、それとなく彼が意気投合した提携先の話を振った。

「ああ、永谷社長からなあ」

会長は嬉しそうな表情になって、私を見た。

「はい、会長や肇社長とのお時間がとても楽しかったようで、ぜひまたご一緒したいとのことで」

「あれはきっと、國井さんがセッティングした店と料理がよかったからだね、私たちも、話そっちのけで楽しんでしまったからなぁ」

会長は楽しそうに笑う。会長には見えないところで、藤森さんが『よくやった』と親指を立ててくれる。

私まで褒められるのは計算外だが、表情の明るくなった会長を見て、ほっと胸を撫でおろした。

「そういえば、今日の会議もやけに議題がスムーズに進むと思ったら、あれもあらかじめ進行役《ファシリテーター》と情報共有をしてくれていたんだね」

「え？　はっ、はい――」

まさか、別件のことが話題に上るとは思わず、びっくりする。

「おかげで経営会議が早く終わったよ、ありがとう」

長時間だと会長の体への負担が気になり提案したのだが、気づいた会長に藤森さんが話してくれたのだろう。恐縮だが、素直に嬉しい。

「長くなるとお体に負担ですから」

「……君は本当に優しいね、ありがとう。今朝の話も、いい返事を待っているよ」

さりげなくお見合いの返事を催促されてドキリとした。

――そうだ、お見合い……

忙しさでごまかしていたけれど、昼休みのカフェでの一件が頭をよぎり、胸が締め付けられる。

――嶋田さん、完全に誤解している様子だった。私の真意はそういうことではないのに……

お見合いまでに、伝えられればいいのだけれど。

悶々《もんもん》としていると、内線がかかってきて、応答した藤森さんに呼ばれた。

「國井。悪いが、帰りにミーティングルームに寄ってくれるか？　嶋田がお前に渡したい稟議書《りんぎしょ》と書類があるんだとよ」

藤森さんの突然の指示に、心臓が飛びあがった。あと数分で終業時間を迎える。

――ゼネラルマネージャーが……？

図らずもやってきた好機に、鼓動が早鐘を刻みはじめる。

◇

「失礼します……」

帰り支度を整えて、ドキドキしながら指定された数階下のミーティングルームへ急いだ。

そこは、前方にモニターと長机が置かれただけの空間で、通常は人事面談などに使われる鍵付きの部屋だ。そんな場所ということもあり、さらに緊張が増す。

入室すると、窓際で外を見つめていたダークスーツの背中が振り返った。

「呼び出してすみません。座ってください」

嶋田さんは座るようにと私を促し、自らも反対側に腰を下ろした。

デスクの隅には、彼のファイルや書類が整然と積み重ねられている。

「……えっと、稟議書《りんぎしょ》と書類は？」

あまりにもスマートに誘導されて反射的に座ってしまったが、書類を渡すだけなら座る必要はないはずだ。早く用件を済ませ、カフェでのことを謝罪したいと思って尋ねる。

それに、英斗社長に同行して本社で会議に出席していた彼は、本来なら帰社している時間だ。そんなに大事な書類なのか。

「――稟議書《りんぎしょ》はコレです。今日は、あなたと話をするために呼びました。……社長には先に戻っていただいたのでご心配なく」

ファイルを差し出しながら、私の心を見透かしたようにそう言った嶋田さんの瞳はとても冷たく、非常に嫌な予感がした。

――それって、まさか。

「昼休みに話していたこと、わからないとは言わせません」

予感が的中し、背筋が震えた。考えられることはひとつしかない、慌てて立ちあがる。

「――すみません！　あれは誤解というか、そういう意味ではなくて……っ！」

「――会長からの見合い話を、断っていただきたい」

だけど、私が頭を下げて情けない声を上げると同時に、彼の声が重なった。

「は？」「え？」と私たちは言葉を止めて見つめ合う。

話が噛み合っていない。……見合い？　断る？

数秒後、状況を察したらしい嶋田さんが先に沈黙を破った。

「……なにか誤解しているようですが、私は別にあなたがたが昼休みに、私の文句を言っていることを咎めたいわけではありません。会話の中で『見合い』と口にしているのを聞いて、会長が進めようとしている見合い話を阻止するために来たんです」

——み、見合いの阻止ぃ!?

思ってもみない方向の話で、戸惑《とまど》う。

「詳しく、お聞きしても……？」

弁明よりも先に、彼の話を聞いたほうがよさそうだ。

嶋田さんは少し迷う素振りのあと、事情を話してくれた。


嶋田さんの話によると、彼と英斗社長は幼馴染で、会長とも付き合いが長いそうだ。その縁もあって、ここのところお節介焼きの会長にしつこく見合いを勧められ、困っているのだとか。

しかし、会長ほどの著名人ともなれば、相手側も社会的に立場のある極上のエグゼクティブの令嬢。もとより話を受けるつもりはない嶋田さんは、会長の体面や立場を守るために、角が立たないよう断っていたようだ。

そして、そろそろ次の縁談が来るだろうと身構えていたら、外出帰りにたまたま寄ったカフェで、私たちの会話が聞こえてきたらしい。

「……そう、だったんですか」

正直、嶋田さんが部下でもある私との見合い話に難色を示すのは想像できたが、こんなに困らせるとは思わなかった。知らずに舞いあがっていた自分が恥ずかしくて申し訳なくなる。

「――なので、國井さんなので信頼して話をしましたが、断ってもらえると助かります。見合いはもちろん、誰とも結婚も交際もするつもりがないので」

誰とも……？

「結婚も交際もって……なぜ」

見合い話を持って来られるのが面倒なのかと考えたが、違うような言いかただ。

自分に可能性があったわけでもないのに、胸が掴まれたように苦しくなる。

「聞かなくても、あなたも理解しているのでは？　昼休みに佐伯さんと私の噂話をしていたでしょう」

その言葉に彼の言わんとしていることを理解した。

『情状酌量の余地もない厳しい男で、すみませんね』

「――あれは……っ」

嶋田さんの指示はいつも的確で無駄がない。そして、私たちにも無駄なく簡潔に報告することを望んでいる。だから言い訳はさせてもらえないし、要件が済めばすぐに追い返されてしまう。

だが、これを残念に思うのは、私が彼のことを好きで、彼への理解を深めたいと思うからだ。どう伝えればいいものか……

「別に構いません。冷たい人間であることは自覚していますし、周囲の理解を得たいなどとは思っていません」

「……」

「――とはいえ、迷惑をかけましたね」

嶋田さんは私を遮《さえぎ》って心の内を明かしたあと、今度はなぜか私を気づかった。

「え……？　めいわく……？」

話がどんどん進むのに、肝心の意味がわからない。でも少し嫌な予感がして言葉がつかえる。

「不本意とはいえ、私の事情に巻きこみかけたのは事実です。ボスに頼まれたら断りにくいですからね――余計な心労をかけたでしょう」

完全に誤解されている。

そんなこと思ってない。むしろ会長から見合いの話をされて、舞いあがってしまったというのに。

「私は……」

でも、カフェでの一件があった以上、中途半端な言葉は届かない気がした。どうやったらこの気持ちを伝えられるだろう。

「まぁ、とにかく」

私が怯んだ隙に嶋田さんは席を立ち、ファイルや資料をテキパキと回収していく。

「従順な会長秘書であるあなたには難しいかもしれませんが、これ以上この件を気にかける必要はありません。断りにくいのなら、あとは私がうまく処理しますのでご心配なく」

すべてが拒絶に聞こえて、再び言葉が口の中に押し戻される。

言いかたは穏やかだけれど、これまでの叱責やお小言よりも、ううん……そんなの比じゃないくらい、心に深く突き刺さった。

「ということで、話は終わりです――失礼」

嶋田さんは茫然とする私を一瞥すると、歩き出す。

やだっ……行っちゃう。

「――ま、待ってくださいっ！」

咄嗟《とっさ》に、脇を通りすぎようとしたダークスーツの腕をぐっと引き止めた。

眼鏡の奥の目に驚きが浮かんだが、私は必死で食いついた。

「迷惑なわけありません……！　今更こんなこと言ったって信じてもらえないかもしれないけれど……昼休みのことについて、書類を受け取ったあと真意を伝えられたらと思っていました。私は、ゼネラルマネージャーが冷たい人間だなんて思ったことはありません」

勇気を出して告げると、彼は頭ふたつぶん上にある綺麗な目を軽く見張った。

「お見合いの話だって、そうです……。会長からのお話とか関係なしに、私の意思でお受けしたいと考えていました。もちろん、ゼネラルマネージャーがお嫌なら指示に従います。だけど――」

息をついて、震える手のひらをぎゅうっと握りしめた。

そして、顔を上げてまっすぐ見つめたら、コップの水があふれるように涙がこぼれた。

「私は、五年前に助けてもらったあの日から、ゼネラルマネージャーのことが、ずっとずっと好きでした。だから……できれば、このチャンスを逃したくないと思っています」

切れ長の目が、さらに大きくなった。

――言ってしまった。

月末に本社に戻ってくるっていうのに、なにやっているんだろう。

もっとうまく伝えるつもりだった。こんなふうに気持ちを伝えるつもりなんて、本当はなかった。

でも、それ以上に誤解されたままなのは嫌だった。根本的に取り違えたら、今まで大事に育ててきた私の気持ちまで、狩り取られてしまうような気がしたから。

「……引き止めて、すみません。私の気持ちをぜんぶ誤解されたまま終わっちゃうのは、悲しいと思って……」

いたたまれなさを笑ってごまかしたら、かすかに息を呑む気配がした。

「では、いきなり失礼しました……あとのことは、お任せします」

頭を下げ、背を向ける。

手荷物をまとめて、部屋を出ようと急いだ。

気を抜くと泣いてしまいそうだ。結局、見つめているだけで満足というのは建前で、身の程知らずの私は、心の底ではこの人の隣に立つことに憧れていたんだって、今になって気づかされた。

「待って」

だけど、ドアの取っ手に触れる前に、嶋田さんが駆け寄ってきて、私の手を掴んで引き止めた。

「まだ、なにか……？」

惨《みじ》めになるからこのまま帰してほしいのに、振り返ると感情の読めない瞳が私をじっと見おろしていた。

なにか底知れないものが宿っているように見えるのは、気のせいだろうか……？

そして、しばし無言で見つめ合ったあと、嶋田さんはなぜか大きく頷いた。

「――わかりました」

「え？」

嶋田さんは私の腕を解放すると、ポカンとする私を見て淡く微笑んだ。

「私にあとのことを任せるんでしょう？　なら私は、この件の判断を國井さんに委《ゆだ》ねます」

珍しい彼の微笑みに、うっかりキュンとときめいちゃったけれど……

いきなり、どうしてそうなった。

見合いするかどうかを、私が決める……!?

さっきとは百八十度話が変わったことに、動揺を隠せない。

「突然、なに言って……」

「とても画期的な案を思いついたから、ですかね」

困惑していると、嶋田さんは整えられた指先で自らの顎先《あごさき》に触れ、それでもってなぜだか興味深そうに私のことを見つめる。

か、かっきてき……？

場の空気が、ゆっくりと変わっていくような気がした。

「幸運なことにねぎを背負った鴨《かも》が舞いこんできたというか」

かも……？

「覚悟によっては協力してもらうのも、悪くないかな？　なんて思ったり」

きょうりょく……？

「――思ったというか、そう思わされたというか……つまり、あなたの熱心さにヤラれました」

やられ……？　ど、どういうこと……？

嶋田さんは自分の感情を持て余している様子で、ブツブツ言い連ねているけど、意味がちっともわからない。

「――まぁ、とにかく」

次の瞬間、きょとんとしている私を部屋の奥に追い詰めるように、ズンと足を踏み出した。

「決めるのは、あなたです」

そう言って、すごみに圧される私を部屋の奥へ追いやる。

脳内は一気に混乱する。

なんでいきなり、楽しそうな顔して迫ってくるの……!?

「えっ、あの……」

そんな顔はじめて見ましたけど！

「ん？」

二重瞼《ふたえまぶた》を縁取る長い睫毛《まつげ》が怪しげに揺れる。

意味がわからず心の中で盛大にわめきながらも、いつもと違った雰囲気の彼に魅了される。キャパオーバーで卒倒しそうだ。

「考え直してくれるのは嬉しいんですが……っ。いろいろ追いつかないというか、ついていけないというか——……あっ」

そんなことを言っている間に、腰がコツンと長机にぶつかってしまう。稟議書《りんぎしょ》の入ったファイルが手から滑り落ちた。そんな私の逃げ場を奪うように、嶋田さんは両手を長机について、私をしなやかな腕の檻に捕らえ身を寄せてきた。

「判断を委《ゆだ》ねると言ったでしょう？　だから、俺があなたの思うような男かどうか、ここでよく確かめていってください——」

セルフレームのシンプルな眼鏡を外すと、知的な美貌が余すことなくさらされた。

繊細でシャープで、でも想像よりも色気があって、浮かべた悪い笑みもやっぱり素敵で……あぁ、こんな状況なのにダメ。見惚れる……

「後悔のないようにね」

「こう……かい」

「——あなたの好きな秘書室の悪魔《おとこ》は、あなたを手籠めにしようと目論んでいるような、とっても悪いやつかもしれないですから」

それって、どういう——

口を開く前に、デスクの上に押し倒される。そのままの流れで近づいてきた澄んだ目に見惚れていると、彼の唇が私の唇を塞《ふさ》いだ。

一瞬、自分の身に何が起きたのかわからなかった。

キスをされていることに気づいたのは数秒後。じっと目を開けたままこちらを見つめ、角度を変えながら唇が重なる感触を受け入れていた。

「んぅ……ふぁ」

言葉を封じこめるように、薄い唇が甘やかに噛みついてくる。

はじめは優しく翻弄するように、だんだん温かい粘膜が絡み合うと、頭の芯がじいんと痺れてなにも考えられなくなった。ふたりきりのミーティングルームに、唇を重ねる湿っぽい音が響く。

強引ではない甘い快感を呼び覚ますような唇の動きと、ときおり私の耳に触れる指先に、頭がいっぱいになった。

やがて、ひとしきりキスで私を翻弄した唇は首筋に移動し、感度の高い皮膚の薄い部分を啄《ついば》む。

「あ、あ……」

這《は》いだした生ぬるい舌の感触に、思わず上擦った声が出る。

「やらしい声……ベッドでも従順なのが想像できますね……」

はじめて聞く、彼の雄を思わせる囁《ささや》きに、全身が燃えるように熱くなった。

「な、なに言って――」

「なにって……教えてあげているんですよ」

危機を察知しながらも、手首を机に縫い付けられていて身動きが取れない。

シャツを寛げられ、唇が胸元に降りていく感覚に、心臓が壊れそうに高鳴った。

啄《ついば》んだ箇所を労わるように舌で優しく舐められ、無意識によじった腰を逃げないように押さえこまれる。

そして、鎖骨から下へ、ツーと滑る舌の感触に私は、ぎゅうっと身を固くして瞼《まぶた》を閉じた。

——ど、どうしようっ。

「ま、まって——」

ようやく制止の声を上げると、胸の上部にキスを落とした嶋田さんが、ゆっくりと体を離した。

「ほら……こんなふうに。あなたみたいに無防備な人は、易々と食べられてしまうかもしれないですね」

ペロリと自らの濡れた唇を舐めて、それから、肩で息をする私の唇を指先でするりと拭って。

「だから……本当に俺と見合いをしたいのなら、覚悟してきてください」

彼はそう耳元で甘い忠告をし、艶やかな笑みを浮かべたのだった。

——状況を整理する余裕なんて、一切なかった。

眼鏡を装着したふたつの黒曜石に映るのは、今にも卒倒しそうな顔でシャツの胸元を掻き寄せる私。

心のないロボットにたとえられるほどクールで、女性に興味すらなさそうな、冷静沈着な仕事人間。

美しき悪魔とも言われる彼の、腰が砕けるようなキスと愛撫。

見合いを断るようにと告げられ失恋確定かと思いきや、いきなり緊急事態が発生し、思考回路がショートしそうだった。

「……なんですか？　そんなに熱く見つめて。もしかして……もの足りなかった？」

私の五年越しの恋は、とんでもない波乱の展開を迎えた——

第二章　理屈じゃどうにもならない衝動

――この世に、理屈でどうにもならないことが、存在するとは思わなかった。

このとき翻弄されていたのは俺のほうだっただろう。間違いなくそう思う。

國井桜という女性は少しだけ変わっている。

今どきの若手社員には珍しく、礼儀正しく生真面目で素朴。控えめでありつつも、しっかりと芯が通っていて、どんなに大変でも音を上げず、常に笑顔で仕事と向き合う強い精神力の持ち主……と把握している。

確か、プライベートでは人がよすぎると、藤森さんが案じていたのを聞いたことがある。……まぁ、たまに指示をしたあとに見せる気の抜けた、ヘニャンとした笑みは、悪い男に絆されそうな危うさがある。

小柄な身長に、強く抱きしめたら折れてしまいそうな華奢《きゃしゃ》な体。そして華美ではないがひとつひとつ整った顔のパーツは、二十七歳という年齢よりも若く見える。可愛いかと問えば、十中八九の人は小動物のようで可愛らしいと答えるだろう。厳しいと言われる俺だが、彼女だけは、新入社員の頃からひたむきな姿勢を評価していた。

とはいえ、まさかこんなことになるとは……

「――今回こそ、最高の見合い話を持ってきてやったぞ」

二日前の終業後。田園調布の住宅街一角にある、鷲宮邸に招かれた俺は、これで何度目になるのかわからない、非常に頭の痛い状況に陥っていた。

仕事終わりの送迎時、会長から上司の英斗さんに電話がかかってきた。

このあと空いていたら、夕食を取りながら今後進める事業について三人でディスカッションをしようとの誘いの電話だった。

予定が空いていたのが運の尽きだ。ディスカッションなど表向きの理由なのは、わかっていた。

会長は食事の席についた俺を見て、満足そうな笑みを浮かべていた。

「今回は、逃げられんぞ？」

まるで脅し文句のようなセリフと、隣で漏れる忍び笑いを聞きながら、俺はため息をどうにか堪えたのだった。

――財閥の流れをくむ名家〝鷲宮家〟とは幼い頃から交流があった。

俺の実家は、五百坪近くあると言われる鷲宮御殿《ごてん》の隣家。母親同士は古くからの学友。そんな偶然が重なれば、同級の英斗さんと俺が物心ついたときから付き合うようになるのはごく自然なことだった。

いわゆる、幼馴染というやつだ。

良好な関係のまま時は流れ、海外留学から帰国すると同時に、以前から俺の能力を買ってくれていた会長と社長に声をかけられ、鷺宮ホールディングスへ入社した。

ちなみに俺の実家も、企業経営をしている。

国内スポーツメーカー『シーマ』という会社で、世界的にも知られる割と大きな企業だ。だが、スポーツに関心がなく次男でもある俺は、理解のある父に自由にしていいと言われていて、会社は三歳上の兄が継ぎ、俺は将来を模索していたところだった。だからこの誘いは、正直幸運なことだった。

そんなわけで、遠慮なく秘書室に入ることを希望した。

秘書室を選んだ理由は簡単だ。競争社会の中で一人で勝ち抜くことは容易だが、自分の性格上周囲を引っぱっていくことには向かない。だったら、持ち前の情報収集能力を生かし、誰かのサポートをするほうが性に合っていると思ったのだ。

そこで、はじめの数年は藤森さんといがみ合いながら会長秘書を務め、その後は英斗さんの役員就任と同時に会長からの依頼で彼の秘書を務め、統括業務も任されるようになっていった。

俺を恐れる者もいるが、仕事自体は天職だと思っている。入社以来、すべて順調だった。

だが――

『お前も、そろそろ身を固める時期だろう』

一年前、英斗さんが結婚したのをきっかけに、状況は一変した。

ずっとひとり身の孫の心配をしていたお節介焼きな会長が、次の標的を俺に定めたのだ。

幼少期から屋敷に出入りしていた俺を気にかけてくれるのは嬉しいが……就業時間外に顔を合わ

せれば、一に見合い、二に見合い。三、四がなくて、五に見合い。もう、ウンザリだ……！

「……何度も申しあげていますが、今後も私は仕事に身を捧げていきたいと思っています。会長のご心配には及びません」

いつもの断り文句で切り返すと「また、そんな嘘言いおって～」とニヤついているが、断じて嘘は言ってない。

女性など、一緒にいるだけで疲れる。秘書として会長や社長に同行していると、女性の自己本位で計算高い部分が目につく。ステータスのある者に媚びを売り、思うようにいかないと手のひらを返す。

もちろん、全員がそうでないことは理解しているが、言い寄ってきた女性との過去の恋愛でも、その思いは変わらなかった。

見ているのは容姿と金で、欲しいのは優しさ。

『悪魔』と言われるほど淡泊な俺は、いつも三ヶ月もしないうちに交際が破綻する。

そんな無駄な時間を過ごすくらいなら、仕事に身を捧げたほうが有益だ。

「まぁ、聞くだけ聞け」

だが、会長はめげずに切り出す。

「家柄がよく優秀で将来有望なお前に見合うよう、経歴や家柄を重視して相手を選んできた。だが、頭の硬いお前は愛想なしで口数が少なく鈍感、なかなか人からよく思われない。おまけに薄情で悪知恵ばかり思いつく。そんなお前の結婚相手に必要なのは、経歴ではなく包容力や理解だということに気づいた」

「……ぷっ、はは」

隣で声を上げて笑った幼馴染を、じろりと睨んで黙らせる。

唐突にはじまった盛大な悪口大会に唖然としたが……あながち間違っていないのが癪《しゃく》だ。なにも言い返せない。

「そこで、今回はそんなどうしようもないお前を理解し支えてくれそうな女性に声をかけることにしたんだ」

その一言にピクリと反応した。

「……理解？　ですか」

淡々と切り返しながらも、どうしてだろう。

心の奥底で大切に眠らせていた綺麗な小箱のふたを、ゆっくりと開けられたような感覚に陥った。

「誰なのか、お前もわかってるんじゃないのか？」

「……そのような奇特なかた、いませんよ」

なぜ、彼女を思い浮かべてしまうのだろう。

──國井桜は、本社で唯一、不愛想で辛辣な俺と笑顔で話せる女性だった。

続けて浮上してきたのは、五年前の記憶だった。

『すみ、ません……迷惑かけて、じぶんで歩きます……。ふじもりさんにも、はうこく、しなきゃ……』

鮮明に覚えている。

腕の中で眠りに落ちた彼女の柔らかい笑み。ジャスミンのような淡い甘い香りのするダークブラウンの長い髪。華奢《きゃしゃ》で柔らかくて小さな体に、陶器のように滑らかで白い肌。そして、色素の薄い瞳に儚《はかな》げに揺れる長いまつげ。思い出すたびにかすかに鼓動が乱れる。

過労が祟って倒れるなど、自己管理が不十分で自業自得。そもそも、新たな生活に順応する前に無理をするなんて、利口とは言いがたい。

だというのに――

真っ青な顔をしているのに、周囲や業務ばかりを案じる彼女を前にして、どうしてなのか、胸の奥が詰まったような気分になった。

歩幅の大きい藤森さんのあとを小走りでちょこまか追いかけ、失敗してもめげない根気強い彼女。業務に身を投じてきた自分に重ねているのだろうか。努力や姿勢は認めるが……よくわからない。

『まぁ……仕事熱心なのは、評価しましょう』

気づいたときには、らしくないことを呟いて、口元が綻《ほころ》んでいた。

國井桜には、その時以来振り回されている気がしてならないと思っていた。

「今回は最高の見合いだと言っただろう。声をかけておいてやるから、期待していろ」

あくまで相手の名を明かすことなく、その日のディスカッションという名の俺の見合い話は終了した。

これまで会長の持ってくる見合いの相手は、プライドが高く高飛車な、一流企業経営者の令嬢ばかりだった。

だから、会長に気づかれないよう相手側と接触し、不相応さや価値観の違いがはっきりするような嘘を並べれば難なく逃れられた。

しかし、相手が國井さんなら、本心を打ち明けて見合いをなかったことにしてもらっても問題ないだろう……

そんな考えに至ったとき、たまたま訪れたカフェで遭遇し、彼女の本心を聞いてしまった。

『私だって、凹《へこ》むときはあるよ？　情状酌量の余地が欲しいなとか』

『見合いの返事、ちゃんとするのよ？』

見合い相手が彼女だと確定すると同時に、日頃俺に笑顔で接してくれる彼女も、結局、腹の底では俺のことを疎ましく思っているのだと悟った。

はっきりと言っていたわけじゃないのに、そう決めつけるほど、俺は動揺していた。

だから、それをごまかすように、すぐに接触を試みた。

――しかし。

『ゼネラルマネージャーのことが、ずっとずっと好きでした』

……思うように事は運ばなかった。

強く輝く瞳から、彼女の思いがダイレクトに伝わってきた。

心が、身体が、どうしてなのか言うことを聞かなかった。

『私にあとのことを任せるんでしょう？　なら私は、この件の判断を國井さんに委《ゆだ》ねます』

気づいたときには、彼女の小さな手を掴んで引き止め、自分でも信じられないことを言っていた。

いつも真っ向からぶつかってくる國井桜が、自分との触れ合いを経てどんな答えを出すのかに興味を惹かれ、そんな自分に打ち勝つことができなかった。

『あなたを手籠めにしようと目論んでいるような、とっても悪いやつかもしれないですから』

俺はとんでもない男だな……


──ピロン。

などと振り返っていた、ミーティングルームでのキスから数日後の夜、風呂上がりにスマートフォンが鳴った。

届いたのは会長からのメッセージで、彼女が見合いを了解したことと、すでに取り決めたらしい日時が書かれていた。

──早すぎだろう。

俺が不可思議な感情に振り回されている間に、素直な彼女は早くも答えを出したようだ。

『──忠告はしましたよ』

キスと軽い触れ合いでからかったあと、蕩《とろ》けた顔で今にも脱力しそうな彼女にそう告げ、ミーティングルームをあとにした。

トマトみたいに赤い顔で、子鹿のようにプルプル震えていた彼女は、しばらくそこを出られる状態ではなかったはずだ。

真っ赤な國井桜を思い返すと、思わず口元が綻《ほころ》びそうになる。

本当に忠告なのか、なんなのか……

――とにかく。どういう心境で会長に連絡したのかわからないが……國井桜が見合いを承諾したことで賽《さい》は投げられた。彼女が覚悟を決めたのなら、俺はこの好機を大いに活用させてもらう。

よからぬことを企みながらも、柄にもなく浮ついた気分になるのはなぜだろう。

五年前に腕の中で見たあの笑顔を、もう一度見るのも悪くない――と、一瞬思ってしまったからだろうか。はたまた、もしかして――

……いや、今考えるのは、やめておこう。

明日の仕事の準備をしながらそんな考えに至ったのは、俺だけの秘密だ。

第三章　俺なりに最大限大事にします

突然のキスから一週間後の七月の二週目。

早くもお見合いの日がやってきてしまった。

自宅アパートからバスで数分のラグジュアリーホテルのロビーで、私はひとり高鳴る心臓を華やかな振袖の上から押さえていた。

――どうしよう、ものすごく緊張してきた……

正確には、両親の同席がない、会長を挟んだ『お見合い』という名の引き合わせなのだけれど、待ち合わせ場所にやってきた現在、頭の中はいっぱいいっぱいだった。周囲のにぎわいや、どことなく注がれる視線なんて、目にも耳にも入らない。

『――なら私は、この件の判断を國井さんに委《ゆだ》ねます』

まさか、あんなことがあって本当に叶うとは思わなかった。

嶋田さんは本当に私に判断を委《ゆだ》ねてくれたようで、今日を迎えることができた。

勝負服には、本日のお店との兼ね合いから、藤と桜がちりばめられた鮮やかな紅色の振袖をチョイスした。

海外でのパーティーの際にも何度か着たことがあり、パール色の絞りの帯揚げと可憐な桜型の帯留めは大のお気に入りだ。長い髪は美容室でふんわりアップにしてもらい、平凡な顔にはいつもよりほんのり華やかなメイクが施されている。

あの日、嶋田さんに『……本当に俺と見合いをしたいのなら、覚悟してきてください』と言われたけれど、まったくもって気持ちがブレることはなかった。

それどころか、むしろ──

そっと、指先を自らの唇に伸ばす。

何度思い出しても蕩《とろ》けそうになる。

ヤワヤワと食みながらしっとりと交わって。たまに誘うようにくすぐる滑らかな舌は私のよりも少しぬるかった。

頬に優しく触れる骨ばった大きな手のひらに、首筋を這《は》った舌の感触。

彼にすれば私の覚悟を見極めるための脅しのようなものだったのだろうが、とっても甘く優しい触れ合いだった。

抵抗しようと思えば振り払えたし、やめてと言えばすぐにやめてくれただろう。それでも、彼に縋《すが》りついていた私の心は、たとえ彼がどんな思惑を秘めていようとも──もう、決まっている。

嶋田さんだって、本気で忠告する気なら、あの場で私を盛大に振って突き放すことができたはずだ。もとより彼は、見合い話をなくすために私を呼び出したのだから。

それをしない彼は、なにかを企んでいるにしても……私を傷つけないようにと気づかってくれる、とっても優しい人だと思う。

その後、決意が揺らがないうちに、会長にメッセージを送った。

【お見合いのお話、謹んでお受けいたします】

見知った間柄なのに、お見合いと言っていいのかはわからないけれども、あの一件はむしろ私の背中を後押しする出来事となったと思う。

もっと……彼のことを知りたい。今まで抑えていた気持ちのたがが外れた。

【ありがとうなぁ！　嬉しいよ。これで私も安心して、墓に入れる！】

大げさに喜ぶ会長に苦笑しながら、バスを降りて、古びたアパートに帰宅したのだった。

そして、その後会長が日取りを決めてくださり、あれよあれよという間にこの日を迎えた。

けれども、会長に黙っていることがある。

それは、〝本当は、嶋田さんは見合いが不本意で一度咎められた〟ことだ。

会長は何度も『嶋田はなにか言ってきたか？』と気づかってくれたから、彼の気持ちを打ち明けるべきなのだろうけれど……。でも、言えない。この話がなくなってしまったら嫌だから。ずるいかもしれないけれど、せっかくのチャンスを逃したくない。

だから、嶋田さんが会長になにも言わないのをいいことに、調子を合わせながら、この一週間、知らないフリをしてきた。

「國井さん、遅くなってすまないね……」

なんて思い巡らせていると、よく知る声が耳に飛びこんできた。勢いよくソファーからピョコッと立ちあがる私。

――来た……っ！

声のほうを振り向くと、カジュアルスーツの鷲宮会長と嶋田さんがロビーに入ってきたところだ。会長の送迎は先日、嶋田さんが申し出てくれた。

高齢とは思えないほど若々しくベージュのスーツを着こなす会長。その隣に視線を移した瞬間、眩しすぎてくらりとした。

もちろん休日に会うのだから妄想……いや、想像はしていた！　していたけれど、改めて目の前で見るとガツンとくるもので……心臓がバクバク高鳴る。

仕事のときよりもスタイリッシュなダークグレーのセットアップスーツ。インナーには上品な白のカットソーをチョイスしていて、眼鏡は黒縁からシルバーのアンダーリムに変わっている。そして、いつもきちっと固められている黒髪は、サラサラと額を流れていて――いつもより柔らかく、どことなく隙のある佇まいだ。

……休日仕様の彼にお目にかかれる日が来るなんて。素敵すぎて死にそう。

ちょっとばかり放心状態で、やってきたふたりにいつもの所作で腰を折る。

「会長、ゼネラルマネージャー、お疲れ様です」

「そう畏まらんでくれ。今の君は秘書ではないんだから。着物、とても似合っているよ。今日の店に合わせてくれたんだね」

「ありがとうございます」

にこやかに私を気づかう会長の斜め後ろから「お疲れ様です」と単調な挨拶《あいさつ》が聞こえると同時に、

女将さんと思われる和装姿の女性がこちらにやってきた。

ホテルに併設された、普通であれば予約を取れるのは一年先という日本庭園の美しい高級料亭を会長自ら手配してくれた。

接待などで何度か予約の手続きをしたことがあるけれど、食べたことはない。まさか仕事以外で、こんなセレブ御用達の料亭に来るとは思わなかった。

会長と女将さんのあとに続いたとき、スッ……と隣に大きな影が並び、サラリと揺れる黒髪が視界に入る。

「覚悟、できたんですね」

私にしか聞こえないくらいの小さな声。視線を上げると嶋田さんの涼しげな美貌が私を覗きこんでいた。

「どうなっても、知りませんよ」

彼は突然そう断言すると、私が言葉を口にする前にスーツの腕を、帯の上から私の腰に回した。

「……え？　――ひゃ……」

わわっ、いきなりなに……？　なんで、くっつくの……？

目で訴えると、嶋田さんは意地悪そうに唇の端を吊りあげた。

「エスコートです。せっかく國井さんが、私のために綺麗に着飾ってきてくださったのです。これはマナーでしょう」

綺麗って言ってもらえた……じゃなくて。

「え、えすこーと」

そうなの……？　嶋田さんにとって不本意なお見合いなのに、いいのだろうか？

「ＴＰＯというものがありますからね」

なんだかこっちに気づいた会長が目を剥いているような気もするけれど、有無を言わさず腰の手に力が籠もり、くいっと引き寄せられる。

着物越しに彼の体温を感じて一気に心拍数が上昇する。

「あ、ありがとうございます……」

素直に笑顔でお礼を告げると、返事の代わりにかすかに眼鏡の奥の目元が優しく緩む。ほかの人にはわからないような些細な変化だけど、ずっと彼を見てきた私にはわかる。仕事では見たことのない、柔らかくて優しげな表情だった。


鹿威《ししおど》しの音を聞きながら趣《おもむき》あるお座敷の席につくと、次々と料理が運ばれてきた。

先附《さきづけ》の煮穴子と野菜のテリーヌからはじまり、前菜の鉄皮《てっぴ》の煮凝《にこご》りに、新鮮な魚の乗ったお造り。高級食材をメインに使った、彩り豊かな見目麗しい料理だった。

特に畏まった紹介をすることもなく、私たちはいつもと変わらない雰囲気で運ばれてくる料理に舌鼓を打った。

「――ここの花板の料理はとても美味しくてね。鷲宮家《うち》にもよく出張に来てもらうんだ。ふたりの口にも合うといいんだが」

会長が和牛ローストを切り分けながら微笑む。先ほどからそれとなく隣に座る私と、向かいの嶋田さんに話を振り、笑いを交えながらうまく話を引き出してくれる。財界でも有名な会長のコミュニケーション力はさすがだ。

「とても美味しいです」

舌も喉も蕩《とろ》ける美味しさで、自然と笑顔になる。

嶋田さんは、相槌《あいづち》を打ちながら綺麗な所作で食事をしている。

ポーカーフェイスは、なにを考えているのかちっとも読めないけれど、いつもよりも穏やかな表情の気がする。

「ならよかった……。しかし、ふたりが揃うと、あのときのことを思い出すなぁ」

会長がなにやらしみじみと頷き、気になって食事の手を止めた。

「……え？」

「ほら、君がまだここに配属されたばかりの、無理がたたって倒れたときのことだよ」

前方からも、そっと顔を上げる気配がした。

すぐになんのことなのかわかった。五年前……私が彼に恋をしたときのことだって。

「あのとき、私はふたりに似たようなものを感じることに気づいたんだ。ふたりは、いつも仕事熱心で、業務だろうと時間外だろうと、当たり前のように私を気にかけてくれる。これはいくら秘書でも、なかなかできることではない」

会長はそこで一度止めると、感慨深そうに微笑み、そしてまた続ける。

「性格や雰囲気は正反対だが、君たちが互いにないものを持っているのが興味深いな。長いこと生きてきたが、人間が成長していく上で、そういう相手から受ける刺激は大切だ。まぁ、無理にどうこうしようとは思っていないが……ふたりならいい関係を築けるんじゃないかと、今日は来てもらったんだ」

会長はそう言って目尻を下げると、熱いお茶をすすった。

身に余るほど嬉しい言葉だった。

私が嶋田さんに恋に落ちた日、会長はそんな風に思ってくれていた。想像もしていなくて、胸の奥が熱くなった。嶋田さんも黙って会長を見ていた。

……でも、忘れてはいけない。

会長は嬉しいことを言ってくれるけれど、嶋田さんにとって、これは不本意なことなのだ。

デザートのお皿が下げられ食後の緑茶がやってくる。それを口に運びながら考えた。

冷静になってみると、私が出さなければならない返事は明らかだ。あと二週間ちょっとすれば、彼は本社に戻ってくる。告白以来とてつもなく気まずいのに、これ以上気まずくなるのは避けたい。

立場柄、嶋田さんからは言いにくいだろう。

「あの、会――」

「――会長」

しかし、意を決した私の声は、低く艶のある声に掻き消された。

ぐるんと首を動かすと、いつの間にか緑茶を飲み終えた嶋田さんが、セルフレームの眼鏡をキラリと光らせ、会長をまっすぐに見据えていた。

「なんだ？　嶋田」

そして、キョトンとする私と会長をよそに、彼の薄い唇は弧を描いた。

「お言葉ですが、國井さんと私のことを心配する必要はありませんよ」

わけがわからず、仲良く首をかしげる会長と私。

「――と、言うと？」

「会長のお察し通り、ということですよ。あんな話をされて、見合い相手が誰か特定できないほど鈍感ではありませんからね……」

嶋田さんはまたまたそんなよくわからないことを薄く笑いながら言うと、立ちあがってなぜか私のほうへやってくる。

え？　な、なに……？

「すでに話はついています」

「わぁっ」

次の瞬間、ぐいっと腕が引かれ、飛びこむように彼の胸に身を寄せる。彼は私の肩を抱き寄せると、とんでもないことを口にした。

「会長のおっしゃるように、私も、國井さんなら仕事でもプライベートでも私を理解し、今後の人生を支えてくれるのではと思いました」

……へ？

「なのでつい先日、結婚を前提とした交際を申しこみ、すでに彼女から承諾をいただいております」

――ど、どういうこと⁉

話についていけず、頭ふたつ分高い位置にある涼しげな美貌を窺い見ると、彼は笑顔でこちらを見下ろしていた。

――ひっ！

「ですよね？　桜さん」

はじめての名前呼びにときめく間もなく、綺麗な笑みの嶋田さんの背後に、ドス黒いオーラが渦巻いているのに気づいてしまった。まるで、本物の悪魔のように背中に羽が見える。

『どうなっても、知りませんよ』

やばい。覚悟って、このことだったんだ……！　こ、これは、頷かないと大変なことになりそうな雰囲気が……

嶋田さんが発する圧に押されて、首がもげそうな勢いで「そんな気がしてきました」とブンブン首を上下に振る。

「なんと……！　いつの間にそんな仲になっていたのか！」

会長には、彼のまとうこの暗黒のモヤモヤは見えないらしい。乙女のように両手を組んで、パァッと顔を輝かせてしまう。

「なら、私はただの邪魔者なのか！」

「はい、そうですね」

嘘でしょ——!?

驚いて飛びあがりそうな私の頭に、大きな手がぽふっと乗って押し留める。

キュンとしかけたけれども、そうじゃなくて。

「なら邪魔者はとっとと退散して、若いふたりの時間にしてやったほうがよさそうだな」

「ありがとうございます、助かります」

え、ちょっと……！　早すぎて、展開についていけない……っ！

しかし、戸惑《とまど》う私を他所に、ふたりは予定していたかのようにトントンと事を取り決めていく。

そして瞬く間に「家の者を呼ぶから見送りはいらない！　仲良くな〜」と、会長はまるで一陣の風のように笑顔で料亭をあとにしてしまった。

あんなに幸せそうな顔をされたら、ヒラヒラと手を振って笑顔で見送るしかない。それでもって、彼の大きな手はまだ私の肩を抱いていたりなんかしていて……ど、どうしよう……

「え、えっと……」

いつの間に、そんな関係になったのだろう。確かに見合いの判断とやらは問われたけれど……結婚の約束なんていつ？　もしかして、あのキスが、そうなの？　っていうか、さっきのエスコートも、もしかして、このために……？

ギギギ……と恐る恐る首を動かして、麗しいお顔に視線を移すと——

「さて、場所を移して大切なお話をしましょうか……桜さん」

セルフレームの眼鏡をぐいっと中指で押しあげた秘書室の悪魔が、怪しげに微笑んでいた。

◇

料亭をあとにし、すぐさま嶋田さんの車に連行された。

嫌な予感がしてソワソワしていると、十分ほど揺られて到着したのは、港区の深緑に包まれたオシャレな低層マンションだった。

「座っていてください、落ちているものはその辺によけて構わないので」

「は、はい……」

さりげなく、家に連れこまれてしまった……

マンションには、二十四時間対応のコンシェルジュや、ジムやカフェ、ラウンジなどの共用施設が備わっていた。おまけにホールディングス本社と、フーズの真ん中に位置していて、私には手が届かない高級物件だ。

私は勧められた革張りのソファーにおそるおそる座り、シックな調度品で揃えられたスイートルームのようなリビングを見渡す。

空調が完備されていて、掃除も行き届いている。廊下側のふたつの扉は書斎やゲストルームなどで、奥が寝室とかだろうか。

あらゆるところに洋書や文庫本が積まれているが、男性のひとり暮らしにしてはとても整理整頓されている。

読書好きなのかな……？

「――片づいていないので、あまりじろじろ見ないでもらえると助かります」

周囲を見回していると、戻ってきた嶋田さんが、「どうぞ」とコーヒーの入ったカップを木目調のローテーブルに置き、少し離れて私の隣に腰をかけた。

「すみません、ありがとうございます」

「いえ。急で申し訳ないですが、人に聞かれたら困る話なのでうちに連れてきました」

「人に聞かれたら困るお話……ですか？」

おそるおそる問いかけると、嶋田さんは何度かコーヒーを傾けたあと、席を立ち窓際のサイドボードの引き出しをゴソゴソと探る。

そして、間もなくして大きめの封筒を手に戻ってきた。

「協力をお願いしたいことがありまして」

その行動をぼんやりと目で追っていた私に、嶋田さんは封筒から出した一枚の紙を差し出す。

茶色の縁どりのそれを見て、息が止まった。

「こ、ここ、婚姻届――!?」

咄嗟《とっさ》に手元が狂い、ソーサーに戻そうとしていたカップがカチャン！　と音を立てる。

それもよく見ると、すでに『夫になる人』の欄は、パソコンで打ちこんだような綺麗な字で埋められているではないか。

「これは……」

婚姻届をテーブルに置き、着物の袖をぶるぶる震わせながら、隣のポーカーフェイスに詳細を尋ねる。

「まどろっこしいのは嫌いなので、てっとり早く言いましょうか――」

すると彼は、咳払いをしてからとんでもないことを言った。

「会長の見合い話を回避するために、短期間でいいので、私と婚姻関係を結んでもらいたいんです」

「回避のためって」

「はい、偽装結婚ということです」

いよいよ声が出なくなった。

『――俺と見合いをしたいのなら、覚悟してきてください』

そう言っていた本当の目的は、コレを持ちかけるためだったの……!?

予想のななめ上を行く展開に目を白黒させていると、横から伸びてきた長い指が私の顎《あご》をすくい、視線を合わせられる。

「覚悟……できたんですよね？」

親指でゆっくりと唇をなぞられた。

「あんな手ひどい忠告をされても、私と見合いをしたいと思ったから、来てくれた。そうでしょう？」

唇をふにふにと弄《もてあそ》ばれ、赤いグロスを拭われる感覚にゾクゾクする。

認めざるを得ない状況に、言葉に詰まった。

確かにそうだけれど～～っ！

「お、おっしゃる通りですが、いくらお見合いが嫌だからってちょっといきなりすぎませんか……？

そもそも、ゼネラルマネージャーは、結婚したくないんですよね？　お見合いも嫌だと」

流されないよう着物のお尻をズリズリ引きずり、ソファーの隅っこに逃げる。

嶋田さんは当たり前だと言うように頷く。

「ええ、そうですね」

ならなんで、と私が口にする前に、彼は続けた。

「会長とは長い付き合いなので、結婚するまで絡まれるのが目に見えています。交際や中途半端な結婚のフリは、すぐに見抜かれるでしょう。そうすれば、また同じことの繰り返しになる――」

さも当然のように言われたが、返事に困る。

言いたいことはわかるけれど、その相手にどうして私を選んだのかがわからない。だって、もっと後腐れのない女性を選んだほうがいいはずだ。盛大に告白までした私は、その正反対の位置にいる。

「でも、あなたの言葉に心を突き動かされた……と言いましょうか」

「え……？」

だけど、深呼吸をひとつして続けられたその言葉に私は目を見開いた。

ソファーの背で帯を潰して警戒していた私の頬に、暖かい指がそっと伸びてきた。

「あ……」

繊細な指先が、頬に貼りついていた髪をするりと払って離れていく。

戸惑《とまど》ったような動きと、感情を持て余したような彼の表情から目が離せなかった。触れた部分がじわりと熱を持ったのがわかる。

どういう、こと……？

ゆっくりと、鼓動が速くなる。

「もちろん、『誰とも結婚も交際もするつもりはない』という気持ちは嘘ではありません。周囲からさんざん言われていますが、自分でも冷めた人間だと自覚しています。……だけど、どうしてなのか――」

嶋田さんは一度そこで言葉を区切ると、真剣な眼差しで私を見つめた。

「必死に思いを告げてきた國井さんのことは、悪いように思わなかった」

目をパチクリさせて、息を呑む。

嶋田さんはそんな私を見てわずかに目じりを下げると、冷めたコーヒーをトレイに載せ、少し落ち着かない様子で席を離れた。

そして、リビングの傍の開放的なキッチンで、手元を動かしながら続けた。

「あんなにまっすぐ体当たりしてくる奇異な人は、はじめてだったからかもしれませんが……いつもの私なら、縋《すが》られてもきっぱり断っているはずなんです。なのに、気づいたらあなたを引き止めてこの案を思いついていました。婚姻関係を結んでもらえれば、あのお節介で明敏な会長を欺《あざむ》くこともできるし、もう少し國井さんという人物を知ればこの不快な疑問を処理できるかもしれない……と」

探るような言葉とは裏腹な、穏やかな彼の表情から目が離せない。

「会長を黙らせるためというのが大前提ですし、言いかたを変えればあなたを利用してると言われても仕方ない。けど……そこに、私の個人的な感情があるのは、事実です」

……心が震えて仕方なかった。

自分の気持ちがわからないの？　とか。

告白してきた相手に偽装結婚を持ちかけるとか、鬼畜の所業ですよ⁉　とか。

なんで偽装結婚なんて、おかしなこと思いついちゃったんですか！　とかって思わないでもないけれど……普段冷静沈着で恐れられている彼が、そんなことを考えていたなんて信じられなかった。

もっとも、奇異な人とか、不快な疑問とか、辛辣さ満載だけれど……

どんな形であろうと、嶋田さんが私の一世一代の告白を邪険に扱わないでくれたのは嬉しいし、今までの付き合いから、彼がいかにそつがない人なのかはわかっている。

彼ほど頭のキレる人なら、私を本当の意味で利用して、偽装結婚に持ちこむことだって容易なはずだろう。なのに、こうして腹を割って話してくれたということは、私の気持ちに向き合おうとしてくれている証拠だと思う。それが彼にとって、まだ名前のつかない、ただの不可解な気持ちだとしても。五年間ずっと嶋田さんを思ってきた私には、これ以上ないほど素敵なことだった。

ほどなくして、彼はアールグレイの香りとともに戻ってきた。

「まぁ……大切な決断になるので正直に話しましたが、私に都合のいい話ではありますね」

お礼を言って紅茶を受け取る。彼が隣に座る気配を感じながら私は首を横に振った。

「……いえ、話してくれて、ありがとうございます」

彼の率直な思いを聞いて、この現実的ではない提案に魅力すら感じている私はおかしいのだろうか。胸に熱い思いがこみあげる。

ただ、一つ聞かなくてはならないことがある。

「……期間は？　ゼネラルマネージャーはどのくらい、偽装結婚の期間を設けたいと考えているんですか？」

〝個人的な感情〟があろうと、期限付きの偽装結婚であることに変わりはない。

ドキドキしながら尋ねると、嶋田さんは窓際のサイドボードの上のカレンダーに視線を向ける。

「……すぐに決行可能なら、私が本社にいるレセプションまでの数ヶ月間を考えています。同じ社内にいるので、最大限あなたのフォローができますし」

なんてことないように、サラリと答えたけど……ほ、本社にいる間――!?

「レセプションまでって、少し短すぎでは……？」

現在は七月の二週目で、十一月の上旬のレセプションパーティーまでは四ヶ月弱。そんな短期間の契約で、会長を騙すことも彼の言う疑問の処理も、できるような気がしない。

「私が結婚や恋愛に向かないことを会長に理解してもらうのが最終的な目的なので、期間に問題はありません。数ヶ月にもわたる長期間、あなたを拘束することに罪悪感はありますが……」

拘束って……

とはいえ、彼の価値観を思えば仕方ないことだ。結婚願望がない彼にとって数ヶ月は長期間であり、妥協の生活でしかない。

嶋田さんは私を選んでくれたけれども、それは所詮『偽装結婚』の契約相手としてだ。彼の感じた〝不快な疑問〟が、私が期待するものとは違うかもしれないし、嶋田さんの中で、私の存在の大きさが変わらなければ、別れがやってくる。つまり……離婚だ。

そう思うと、怖くて身が竦みそうになる。

そんな考えに至ったところで、膝の上で握りしめていた左手にそっと大きな手のひらが重ねられた。

「ゼネラル、マネージャー……？」

心が甘く悲鳴を上げる。

「悩ませていますね……。だけど、いくら私でも、考えなしにこんな非情な提案を持ちかけたりしません。本心からあなたのことを知りたい、國井さんとの生活なら悪くないと思い、提案しました」

切れ長の目が柔らかく私を見つめ、重ねた手を優しく握られた。

「……ゼネラル、マネー、ジャー」

「あなただから、というのを忘れないでもらいたい」

なんの証拠もないのに、彼のすべてに『大丈夫』と思わされるのは、なぜだろう。

契約終了時に傷つくかもしれないとわかっているのに、みるみるうちに心が安堵に包まれる。

必要なのは、ほかの誰でもない〝自分〟。

ずっと好きだった人の真摯な姿に、私は抗う術を知らない。

……結局私の答えは、はじめから決まっていたのかもしれない。

「――わかり、ました……」

重ねられた手をそっと解いて、私は静かに腰を上げた。

「國井さん……？」

とはいえ、私だって、やられっぱなしではいられない。

テーブルに置いたままのソレを手に取って、嶋田さんの正面に丁寧に広げて見せる。

「ひとつ。私からもお願いがあります」

広げたのは、彼の情報のみが埋まっている、私のために用意してくれた婚姻届だ。

「私にもこの結婚を利用させてください」

嶋田さんは、突如宣言した私と婚姻届を見比べて、理解できないといったふうに首を傾げる。

「利用とは――」

私はコホン、と小さく咳払いしながら書面を封筒へ戻し、きっぱりと心の内を述べた。

「……私は短期間なんて嫌だと思っています。なので……レセプションまでの約四ヶ月間、後悔しないように過ごしたいんです」

嶋田さんはこの偽装結婚を自分の気持ちと向き合うことに使う。私だけ、期日を恐れビクビクしているなんて……そんなの絶対に嫌だ。

「だから、一緒に過ごす中で、ゼネラルマネージャーのことをいっぱい知って、仲良くなれるように、この偽装結婚を大いに利用したいと思います。今よりもほんのちょっとだけでいい。私のことを好きになって、もっと一緒にいたいって思ってもらいたいから――」

意思を図るためにキスしてきたり、暗黒オーラを出してここまで連れてきたり、見合い話から逃れるために偽装結婚なんて持ちかけたりするくらい、彼は冷静沈着の仮面を被ったとっても悪い人だと思う。

でも、それが素顔だとしても、私の気持ちを受け取ってくれた誠実さも、こうして偽装結婚を提案してくれた不器用さも好きだと思うから。

「――全力で、ゼネラルマネージャーのことを口説かせてください！」

しっかり口にすると、嶋田さんは驚いたように眉を上げた。

駆け引きは苦手だが、好きな人に好きだと伝えることくらいはできる。届くかは別として、この偽装結婚は最大のチャンスだと信じたい。

しん、と静まり返って数秒後、嶋田さんが「ふふっ」と小さく笑い、顔を手で覆って顔を背けた。

「あなたはほんとに予想外だ……」

これまで一度たりとも聞いたことのない、震える声に目を剥いた。

見惚れていると、嶋田さんが口元を歪めながら近づき、立ち尽くす私の顔を覗きこんできた。

「つまり、國井さんが俺を口説いてくれると？　まさか、女性に口説くと言われるとは——ふふっ」

その瞬間、頬に熱が上りつつも、目を奪われた。

「それは、楽しみです」

——この顔……知っている。

これまでの作ったような意地悪な笑顔とは全然違う。

ゆるく持ちあがる頬と、くしゃっと垂れた目尻。五年前の、あのときに見た優しい笑顔だ。

呆れられているのに、その表情から目が離せない。

「……いまいち自信はありませんけど、後悔しないように過ごしたくて」

「構いませんよ。こんなに赤い顔の人に、なにができるのかわかりませんが」

「なっ」

長い睫《まつげ》毛に縁取られた瞳が、ちょっぴりからかうように……でもやっぱり優しげに私をとらえて、火がついたように顔が熱くなる。

〝笑っている〟ではなく〝笑われている〟だけなのに、胸は痛いくらい弾む。

あぁ、やっぱり私、恋している。こんなことになって、戸惑《とまど》わないわけじゃないけれど、それ以上にもっと、何度だって嶋田さんに恋をすると確信した——

「では、桜さん。あなたの口ぶりだと、俺と夫婦になってくれると、解釈しても……？」

俺……。所作や言葉遣いはいつも通り丁寧だけど、きっとこれが彼の素なのだろう。少し意地悪で、ちょっと不器用で、たまに底知れない黒いオーラを放っていて。

でも知りたい。近づきたい。こんな状況でも気持ちは止まらない……

胸をときめかせながら、差し出された大きな手と握手した。

「私でよければ……、よろしくお願いいたします、ゼネラルマネージャー」

「……名前で。夫婦になるんだから、そう呼ぶのはおかしいでしょう」

そう言われたと思ったら、着物の腕を引かれ突然視界が暗くなった。ふわり、とこめかみに優しい温もりが触れて、ゆっくりと離れていく。

「――!?」

「付き合ってもらう以上、俺なりに最大限あなたを大事にしますよ」

……驚きすぎてなにも言えない。雷に打たれたような私を見て、嶋田さんの唇が意地悪に弧を描いた。

「やられっぱなしじゃ、いられないので――」

やられっぱなしって、なんのこと……？　私なにかした――？

一筋縄ではいかなそうな大好きな人と、ちょっぴり甘くなりそうな偽装結婚ライフが、はじまりそうな――予感？

第四章　今夜、あなたの時間をください

それからの嶋田さん改め、千秋さんの行動は早かった。

その日のうちに互いの実家とスケジュールをすり合わせ、約束を取り付けた。

数日後の仕事終わりには、ふたりで私の実家を訪れ、挨拶《あいさつ》を交わしていた。

私はひとりっ子で、以前からお母さんが『桜みたいなおっとりした子は真面目な人じゃないと』と心配していたため、理想を絵に描いたような千秋さんに、とてもホッとした様子だった。

『桜ったら、こんな素敵な人とお付き合いしていたなんて……。千秋さん、ちょっと頑固なところがある子だけど、この子のことよろしくお願いしますね』

その喜びようといったら、私でもまだすんなり呼べない彼の名前を当然のように呼ぶくらい。ものすごく胡散臭い笑みを貼り付けた余所行きモードの彼に、お母さんは目をハートにしていた。

いつも無口なお父さんも嬉しそうで、祝福してもらえてホッと胸を撫で下ろした。

翌日会った千秋さんのご両親も、同じだった。彼のお父さまは企業経営をしていると聞いてとても委縮していたが、とても穏やかで優しいご両親だった。

彼からは想像できないほど小柄で可愛いお母さまと、千秋さんと生き写しの一見冷たそうな見た目だけど柔らかく祝福してくれたお父さま。

会社を継ぐお兄さまと、海外で日本人学校の教師をしている妹さんがいるそうだが、仕事でずっと海外にいるらしく、挨拶《あいさつ》はおりをみてとなった。

結婚式を予定してない旨を伝えると、うちの両親同様残念そうにしていたが、これればかりは仕方ない。

ふと、窓の外を見ると、会長の住む洋館のような鷲宮邸が見えた。

彼が生まれる前から家同士の付き合いがあると聞いている。これだけ繋がりが深ければ、中途半端な偽装結婚では通じないだろうと、ちょっとだけ彼の考えに納得してしまった。

『不愛想な千秋が結婚だなんて、とても嬉しいわ。桜さん、末永くよろしく』

『こちらこそ、よろしくお願いいたします。今日は、本当にありがとうございました』

とても温かなお母さまは、帰りがけに私の手を握ってそう言ってくれたけれど、私はちゃんと笑えていただろうか。

末永く……。喜ぶ両親たちにちょっぴり罪悪感があるけれど、これは私が決めたことだ。やるからには、ちゃんと千秋さんの力になりたい。

そして、その週の金曜日。終業後の執務室にて、今回のラスボスこと会長のところにふたりで報告に行くと、誰よりも大喜びをしてくれた。

『いやぁ、よかったよかった！　あの見合いのあとすぐにプロポーズとは。隅に置けんなぁ～嶋田も。あっ！　英斗や肇にも連絡せんと！』

もとより交際宣言をしていたので、なんの疑いもなく祝福してもらえた。

大切な役目を終えたあと、安堵していた私の背中に、千秋さんの大きな手がポンと触れた。とても温かくて嬉しかった。

そして、そのあとの一週間で、入籍や引っ越し、会社への報告を済ませた。

これまで住んでいたアパートは引き払い、七月四週目の土曜日には、私の荷物が彼のマンションの一室に運びこまれた。

ひとり暮らしのときに中古で購入した古びた家電や家具は廃棄し、必要最低限のもの以外は実家やリユースセンターに引き取ってもらうなどした。手配はぜんぶ千秋さんがしてくれた。

『これくらいは当然です。この前「大事にする」と伝えたでしょう』

お礼を言うと、涼しげなポーカーフェイスでさらりとそんなことを言うので、とてもドキドキして胸が苦しかった。

『――いや、違うか。あなたから口説いてくれるんでしたっけ』

『つえぁ！　そ、それは……っ！』

……私をからかうことも、忘れなかったけれど。

『楽しみにしています。よろしく、桜さん』

『……よろしくお願いします……ち、ちちち、千秋さん』

『やりなおし、不自然です』

まぁ、そんなわけで、仕事では見せない彼なりの小さな気づかいや優しさが見えて、さらに心惹かれっぱなしな私。

荷ほどきや仕事で忙しく、まだ家ではまともに会話もできていないけれども、前より少しだけ仲良くなれているよね……？

『よかったわね、桜』

『嶋田が結婚……!? 地球がひっくり返るんじゃねえのか？』

秘書室へ報告したこの日もさまざまな反応があったが、祝福されているからだと解釈している。

というわけで、新たな生活がスタートした。

「――じゃあ、國井。俺は会長と行ってくるから、あとのことは頼んだぞ」

そんな七月末の月曜日の午前中、執務室で担当役員たちのメールを振り分けていると、藤森さんが声をかけてきた。

シフォンシャツとスカートをふわりと揺らし、私は会長と藤森さんを玄関まで見送った。

「お気をつけて。私も夜に合流します」

「またね、國井さん」

再び執務室に戻り、仕事に取りかかる。

今日は、昨夜来日した例のレノックス経営者の御曹司ことクリスの来日を歓迎し、少人数での昼会食が行われる。その後、クリスの滞在するホテルで軽く今後の打ち合わせを行い、解散する流れらしい。正式な社内お披露目は明日の朝礼で、歓迎会は後日開く予定だ。

今夜あるのは、会長との食事だ。

数日前、会長からこんなお誘いがあった。

『國井さん、会食の日の夜は暇かい？　ディナー付きの、特別研修をしないか？』

場所は秘密だそうだが、今回の事業関連の施設への同行のお誘いとのことだった。

会長はたまに、藤森さんと私を行きつけの料理店に連れて行ってくれることがある。今回も誘われたのは藤森さんと私だけで、おそらくいつもの食事の誘いのようなものだろう。

留守を預かる私は、藤森さんから送られてきた住所を頼りに夜合流することになっている。

――念のため、千秋さんにもう一度連絡をしておこう。

昼休み、本日からクリス付きとなった彼に、ポチポチとメッセージを入れておく。

クリスと対面し今後の情報確認をしたあとに、会長たち同様のスケジュールが入っている彼は、非常に忙しいだろう。

同居をはじめてから、千秋さんと連絡先と仕事のスケジュールの交換をしている。仕事柄、会食や同行・出張は頻繁にあるし、急遽入ることも多い。食事の準備の兼ね合いなどから、そういった連絡がスムーズにできたほうがいいだろうと千秋さんが提案してくれた。

生活面についてもそうだ。ふたりとも家事は一通りできるが、仕事が忙しい。彼がこれまでしていた通り、ハウスキーパーに頼みながら、気楽にやっていくことを提案してくれた。

千秋さんの細やかな気配りには、助けられている。

そうして、午後の業務を終えた頃、思わぬことが起きた――

「お疲れ様です」

藤森さんのメッセージを見て、集合場所に向かっていると、エレベーターを降りてすぐ引き止められた。

ビジネスバッグを持って、こちらに近づいてきたその人を見て目を剥く。

「ゼネラルマネージャー！　今日は直帰なのでは……？」

千秋さんだ。慌てて駆け寄ると、彼は「はい」と頷き、それからさも当たり前のように口にした。

「國井さんを迎えに立ち寄りました」

仕事モードの苗字呼びにもかかわらず、その内容に卒倒しそうになる。

わ、私の、迎え――!?

退社時間が一緒だから、マイカー通勤の彼はバスで出勤した私を気づかってくれたのかもしれない。夫婦とはいえ偽装だし、千秋さんは忙しい人だ。そこまで気づかわなくても大丈夫なのに……。そう思いながらも、好きな人からの申し出は嬉しい。デレデレしてしまう。

――あ、でも、そうだった。

「私、今日はこのあと会長との約束がありまして、来てもらったのに、すみません」

昼休みに送ったメッセージは見ていないのだろう。残念に思いながら、断りを入れる。

「それに関しては、会長も了解しているので問題ありません。なので、以後の時間は私に付き合っていただきたくて」

だが、そんな思考を吹っ飛ばす爆弾が飛んできた。

いつもの淡々とした口調だったが、ずっと恋焦がれてきた私は別のものに変換してしまった。夢のような言葉に。

「……ゼネラルマネージャーに、付き合う……？」

呼吸が止まって、最後の一言だけが、妙に脳内で反響する。

「ええ、今夜のあなたの時間を、私にください」

私のじかん……

それも夜だなんて、もしかして……


『桜さん……』

まだ見たことのない彼の寝室のベッドの上。千秋さんがキスをしながら私に覆いかぶさってくる。

『千秋さん……そんな、急です……っ』

シャツのボタンを外しながら、ミーティングルームのときみたいに首筋を食んでいく彼の唇。

『急？　夜の時間をくれるって言ったのはあなたでしょう？』

『あ、ぁ……ダメ……』

『好きだよ……桜』

えっ、やだ……！

私も好きです——!!

「実は、昼に会長から『お前も来い』と命じられたんです。ついでなので、あなたを拾ってから向かったほうが効率がいいと思いました」

――まあ、現実、そんなわけはない。

「あ、ありがとうございます」

〝ついで〟の分際で、なぜこんな都合のいい妄想をしてしまったのか。恥ずかしく思いながら、涼しい顔の千秋さんに相槌《あいづち》を打つ。まず場所が会社で、國井さんと言った時点で仕事に決まっている。

車に乗るとすぐにロボットや星座が描かれたチケットを手渡された。意識を切り替えて、それに視線を落とす。

「それにしても、プラネタリウムなんて何年ぶりでしょう――」

ひと月前にオープンした、地上五階建ての都内最大の科学館・『天空劇場』。

専門家をも唸らせる最新の映像システムを採用していて、メディアなどでも大きな話題となっている。完全予約制で、その予約が一年先まで埋まっているらしい。

「今うちとレノックス《クリス》で事業取引を試みている、ベンチャー企業が開発に携わったシアターなんです」

欧米屈指と言われる、例のベンチャー企業・ノイズ。電子工学技術に長け世界的に有名なＥＣモールを展開している。今もっとも勢いのある企業と言っても過言ではない。

クリスは、そこのベンチャー企業の社長さんと学生時代からの友人らしい。その社長さんは変わり者だそうで、クリスを介してうちの電子機器を売りこもうとしているわけだ。

クリス……少しだけ引っかかりを覚える名前だけれど、ひとまず置いておこう。

「ECモールを手がけた企業が、プラネタリウムのプログラムまでやるんですね」

「私もIT関連に詳しいわけではありませんが……そこのプラネタリウムも単純に言うとCGやソフトをプログラミングして成り立っています。なので、その企業の持つ高度なマーケティング技術と最先端のテクノロジーを組み合わせれば、可能かと——」

慌ててバッグからスマートフォンを取り出し、テキストアプリをタップしメモをする。

「し、CGをプログラミングして、テクノロジーを組み合わせる……」

今後関わってくる企業だ、電子機器関係ももう少し勉強しないと。先方について無知なのは失礼にあたる。

「まぁ、次世代の技術を取り入れ、世界的規模のビジネスを視野に入れている——ということです」

海外の一流大学を出た千秋さんは、異業種の知識のほうもさすがだ。

会長が〝特別研修〟と言っていたのは、先方について理解を深めなさいということだろう。

「……あなたは本当に、ブレないな」

「へ……？」

無我夢中でメモを取っていると、なにか聞こえたような気がするが、千秋さんは前を見たままわずかに口角を上げただけで、頭を振った。

「なんでもない。私も天体観測は嫌いではありません。仕事を兼ねているので手放しというわけにはいきませんが、あなたも楽しめばいいでしょう」

そう言って車を走らせる横顔は、少しだけ柔らかいような気がした。

◇

「いやぁ……実にいい時間だった――」

それから会長と藤森さんと合流し、シアタールームで一時間ほどの上映を楽しんだ。

陽気な藤森さんに『驚愕の新婚カップル』としつこくからかわれゲッソリしながら会場入りしたが、最新技術を駆使した美しい光彩は、五十分の上映時間があっという間に思えるほど美しかった。

余韻に浸りながら、私たちは、藤森さんが急遽予約してくれた館内の高級レストランの円卓を囲んでいた。

グラスには淡いイエローのノンアルコールのシャンパン。艶のある生ハムとレモン風味のソースのかかった前菜。そして、見るからにお値段の張りそうな、仔牛の骨付き肉のオーブン焼き。両脇に反りの合わなそうなコンビがいて気が張るが、料理の味は最高だ。会長もご満悦の様子。

「國井さんは、どうだったかな？　やっぱり若い女性は、感じるものが違うかな？」

目の前で削られたトリュフの乗るグラタンを口に運んでいると、会長が特別研修の収穫を窺ってきた。

「私……ですか？」

最初に聞かれるとは思わず、フォークを置いてシアタールームで見た光景を思い出す。それからゆっくり口を開いた。

「プラネタリウムにもＩＴ技術にも、詳しくないのですが、私はスケールの大きさに感動しました」

プラネタリウムには過去何度か行ったことがあるけれども、規模の大きい『天空劇場』はまるで宇宙に溶けこむような感覚を味わえ、本物のような奥行きのある星空に心を奪われた。

投影できる星空は、紀元前百万年から紀元後百万年までの遠大な時間という音声説明がありー
「カップルや夫婦を対象に、『思い出の星空を』というロマンチックなイベントもできそうですし……大切な人との誕生日や記念日に利用したら、忘れられない一日になるんじゃないかな、と思いました。映像はもちろん、プログラムの記憶量にも感動しました」

私だけではなく上映を見ていたすべての人が、無垢な輝きに魅了されていたと思う。

そして、かすかな光に照らされた千秋さんの美しい顔が、とても穏やかで綺麗で……印象的だった。その表情が、なかなか頭から離れてくれなかった。

「……國井さんらしいな。情報から人をもてなすプランを生み出すのが、やはりうまい。ありがとう」

大した感想ではないのに、褒め上手な会長は満足そうに頷いてくれる。

「それと、もうひとつ聞きたいんだが……國井さんは、海外に友人がいるかい？」

続いて飛んできた質問に、思わず目をパチクリする。

「……友人ですか？」

千秋さんも藤森さんも気になったのか、食事の手を止めて、こっちを見ている。

会長は「急にすまんな」と軽く笑いながらも、どことなく隣の千秋さんを気にしながら遠慮がちに続けた。

「どうも今回うちに来ているクリスが、君の名前を聞いたとき、やけに反応してね。だから知り合いかと思ったんだ」

会長の話によると、例のクリスは資料に記載されていた私の名前を見て『クニーサクラ……？女性ですか？』と聞いてきたらしい。

名前が引っかかったのは事実だけれど、相手はレノックスの御曹司でしょう……？

視線が集まる中、ぶんぶんと顔の前で手を控えめに振る。

「人違いだと思います。海外は会長との同行と、大学時代に短期留学をしただけで、現在も交流のあるかたはひとりもいないですし――」

当時は何人か知人がいたが、現在はまったく付き合いがない。それに海外企業の御曹司に知人はいない。

「よかったな、嶋田！」

「……藤森さんに心配されることではありません」

なにがよかったのか。藤森さんが千秋さんの背中を叩き、千秋さんがどことなく気まずそうに視線を逸らした。……なんだろう?
会長が席を外した隙にコソコソ喧嘩するふたりが妙に気になった。

第五章　もう、わかりましたから

その後、ほどなくして会長が戻り、〝特別研修〟はお開きとなった。

会長を乗せた藤森さんの車を見送り、私は千秋さんの運転する車で帰路につく。

視線を逸らされたことが引っかかっていたが、千秋さんは至って変わらずだ。気のせいだったのだろう。

「――で、このあとのことなのですが」

そう思ったところで、最近慣れてきた無言の空間を、運転していた千秋さんが破った。

――このあと……？

なんのことだろう。運転する横顔を見つめる。

「予定通り時間をいただけるとのことで、いいんですよね？」

「……なんのことですか？」

ポーカーフェイスの横顔を見ながら、さらに疑問符でいっぱいになる私。

そんな約束した覚えがない。

「さっき会社で聞いたでしょう……。今夜時間をくださいって、あれでてっきり承諾を得たとばかり思っていたんですが……」

「――!?」

記憶が瞬時に蘇《よみがえ》った。

『今夜のあなたの時間を、私にください――』

それって、さっきのプラネタリウムの件じゃなかったの……？

毛穴という毛穴からぶわっと汗が吹き出てくる。

夜の時間って――

ゴクンと無意識に喉がなる。

「その……夜の、時間って、いったいなにを……するん、ですか……？」

自分から聞いたにもかかわらず、声が震えて、口から心臓が飛び出そうな衝撃を覚える。

急に深刻になった私に違和感を覚えたのか、それとも挙動不審を隠しきれなかったのか。運転席から、「は？」と眼鏡越しの視線が飛んで……そして、ほんの一瞬驚いたような顔をしたあとに、千秋さんの薄い唇がニヤリとする。

「――そうですね。いろいろと確認したいことがありまして……」

「か、カクニン……？」

「今後の夫婦生活のためにも――」

「ふ、フウフセイカツ……!?」

「――なので、就寝の準備を整えたら、俺の部屋に来てください」

オレノヘヤ――!?

もはや卒倒しそうな私。私のいるゲストルームからバルコニーで繋がる、千秋さんの寝室。もちろんまだ行ったことも、見たこともない。

一度身を潜めた妄想が過激化し、パニック状態になる。

それって間違いなく、か、からだのホニャララを確認したいというやつでは……？

慌ただしかったりして、今日はじめて一緒に落ち着いた夜を過ごす私たち。

つまり初夜……？　っていうか、私たち戸籍上のみの偽装結婚じゃなかったっけ……？

「――では、待っていますね、桜さん」

家に着いて、エントランスでバッグを抱きしめたまま石化していると、艶のある低い声が耳元で囁《ささや》き、先にリビングに消えていく。

ゾクゾク……と震える体。

いやいや、ダメだよ……。流されちゃダメ。

いくら相手が好きな人でも、相手に気持ちがないのに体を重ねても、虚しくなるだけだ。

頭を振りながら、借りているゲストルームに飛びこんだ。

◇

しかし、そう言いながらも。

――結局、来てしまった……

就寝の準備を整えた私は口から飛び出そうな心臓を押さえ、千秋さんの部屋の前で深呼吸を繰り返した。

心ではよくないと思いながらも、体は勝手に動いてしまう。

お気に入りの部屋着を引っ張り出し、友子からもらったラベンダーの香りのするソープで全身を磨き、一番可愛い下着を身につけていた。

理性的な千秋さんが果たして本気かは定かではないが、ずっと好きだった人にあんなことを囁《ささや》かれて抗えるほど、私の意思は強くない。そりゃあ、思うところはあるけれど……

大きく息を吐いたあと、意を決してドアをノックした。

「千秋さん……桜です」

だけど、待てども待てども返事はない。

「あの……千秋さん？」

リビングにも書斎にも姿は見えなかった。約束したからここだと思うんだけど……部屋の中からは物音ひとつしない。

仕方なく声をかけながら、そぉっとドアを開いた。

紺色の壁紙とインテリアで統一された、十五帖くらいのシックな広い空間が現れる。

真ん中で存在感を放つセミダブルのベッドに、中央で揺れるオレンジ色の淡い間接照明。ベッドには読みかけの本が伏せられているけれど、千秋さんの姿はない。

今しがたまでいたような雰囲気につられてさらに体を忍ばせると、バルコニーにつながる大きな窓から風が入りこんできた。

紺色のカーテンがめくれ、窓が開けっ放しになっているのが見える。もしかして……

サンダルを借りてバルコニーに出ると、手すりに寄りかかり夏の夜空を見あげている影がひとつ。わずかにこぼれる部屋の灯りに姿が浮かんでいた。

……やっぱり、いた。

額の上でサラサラと揺れる漆黒の髪。月明かりに染まる鼻筋の高い整った横顔。清涼感のある黒のパジャマを緩く着る姿はいつもよりあどけなくて雰囲気も柔らかく見えた。

スーツじゃないところ、はじめてかも……。ドキドキしながら近づくと、足音に気づいた千秋さんがこちらを振り返った。

「……すみません、訪ねてきたことに気づかなかった」

「いえ……私のほうこそすみません。勝手に入ってしまって」

隣までサンダルを進め、手すりに体重を預ける。

顔を見あげると、真っ黒な絨毯の上に金粉が撒かれたような星空が広がっていた。感動のため息が漏れる。

「……今日のプラネタリウムみたいな空ですね」

「この辺りは周囲にビルが少ないから、光が映えるんです」

「綺麗ですね」

「……純粋で無垢なものは、好ましいです」

そういえば、行きの車内では天体観測が好きだと言っていた。よく読書をしていることといい、千秋さんは静かな時間を過ごすのが好きな人なのだろう。彼のことをまたひとつ知って、幸せな気持ちになる。

「――それで、話なんですが……」

私が夜空を見あげていると、早速話を切り出す。千秋さんはルームウェアのポケットを探った。

「これを、渡したくて――」

車内で言っていた『夫婦の』もろもろは、やっぱりからかいだったらしい。ちょっと恨めしく思いながら視線を向け、ポケットから出てきたソレを見る。私は信じられない思いで目をひん剥いた。

「それ……」

上質なベルベット素材のちいさな正方形の箱。そこになにが入っているのかわからないほど、子供ではない。

声を失っている間にパカッとふたが開き、ウェーブした細身でシンプルなデザインの指輪が顔を出す。

「――マリッジリングです」

驚きすぎて、うまく声が出てこない。

さも当たり前のように取り出したけれども、ちょっと待ってほしい。

「あの……っ」

「失礼――」

「えっ、ぁ……」

千秋さんは大混乱している私に構わず、前に回りこんできて左手を掴む。それから骨ばった綺麗な手で、リングケースから丁寧に指輪を取り出し、ゆっくりと私の薬指に通した。

一粒のダイヤが、星の瞬きと共鳴するようにきらきらと輝いている。

好きな人に嵌めてもらう指輪。それもそれが結婚指輪だなんて……夢みたいな現実が叶うのは嬉しいけれど、心は大きな戸惑《とまど》いの渦にのまれている。

「……問題なさそうですね。はじめに手に触れたときの記憶をたよりに作ったので心配していたんですが、よかった」

……お見合いのあと、部屋で手を握られたときのことだろうか？　身長百五十センチに満たない、いわゆるSサイズの私はどこもかしこも成人女性の平均よりも小さめだ。それを触るだけで計測できるなんて……オイオイと突っこみたい気持ちはあるけれども、彼なら難しくないのだろう。

千秋さんは、サイズに問題がないかチェックしたあと、ホッとしたように離れた。

すかさず私は声を上げた。

「あ、あの……」

千秋さんが、いつもの涼しい顔で「はい？」と覗きこんでくる。

「偽装結婚なのに、指輪なんて……いただいてしまっていいんですか？」

「――」

思ったままを口にすると、千秋さんのクールな面差しがちょっぴり強張ったように見えた。

……まずい、せっかく用意してくれたのに、不快にさせたかもしれない。

でも、そんな話今まで一度も出なかった。喜びと同じくらい戸惑《とまど》いがあって、どうしたらいいかわからない。

「……もちろん嬉しいですよ？　嬉しいですけど、短期間の偽装結婚と言っていたから、びっくりしてしまって……高価なものを準備してもらうのは申し訳ないし……お互い、結婚観の違いもありましたし、無理をしていたらと思って——」

言葉を選びながら打ち明けた。

口説くと豪語した私だけども、それとはまた別だ。千秋さんの中で、この結婚は短期間の偽装結婚のはずだ。指輪なんて安いものではない。それを、たった数ヶ月のために、偽物の私がもらうのは気おくれしてしまう。負担になるようなことは避けたいと思った。

「……無理はしていませんよ」

だけど、困惑を掻き消すように届いた一言。

「えっ……？」

眼鏡のブリッジを押しあげる彼の手元がキラリと光る。よく見ると彼の左手の薬指にも同じデザインの指輪がついていた。

「俺は、あなたから人生の大切な時間と関係性をもらいました。偽装でも、短期間でも結婚は結婚でしょう……？　高価だのなんだのなんて関係ない。俺は、渡したいと思ったから。あなたに贈りました」

淀みなく飛んできた恋愛すら拒んでいた彼の心遣いに、私は目を見開く。

「それに――〝偽装関係〟の提案をしましたが、それはあなたのことを蔑《ないがし》ろにするということではありません……。あなたを知りたいと言った気持ちも、大事にしたいと思った気持ちも、嘘ではありませんから」

静かだけど力強いまっすぐな言葉に、胸が燃えるように熱くなった。

『……俺なりに最大限あなたを大事にしますよ』

そうだ、彼は二週間前にもこう言ってくれた。これは、妥協とか無理とかそういうんじゃなくて。千秋さんはその言葉通り、私に寄り添おうとしていて……理解を深めようとしてくれているのだ。

「だから……いらないのでなければ、受け取ってほしい」

戸惑《とまど》いや困惑で占められた心を、洗い流されるような気がした。

私が思っている以上に、この結婚を大切に考えてくれているのが伝わってきた。お揃いのリングのついた彼の手元からそれが窺えるような気がして、胸の中が温かな光でいっぱいになった。

「……ありがとうございます、すごく嬉しいです。大事にします」

左手をそっと胸に引き寄せ、抱きしめる。思えば指輪だけじゃない……。提案されたのは一時的な関係だけれど、彼は誠意を持って向き合ってくれた。

両親への挨拶《あいさつ》だって。引っ越しの手配だって。たまにちょっと意地悪なことを言うときもあるけれど、私の気持ちだって鬱陶《うっとう》しがらずにすくいあげてくれる。そんな千秋さんの心遣いがたまらなく嬉しくてたまらなくて――また、恋に落ちる。本当にプライベートの彼も、優しくて素敵な人だと思うから。

「――不思議な人ですね、桜さんは」

感極まる気持ちで優美なプラチナラインに触れていると、頭上から苦笑交じりの声が落ちてきた。

「不思議……？」

なぜだか千秋さんは呆れ顔だ。

「指輪ひとつ受け取るにもこっちのことばかり心配して……もとはといえばこんな状況にしたのは、偽装結婚を提案した俺だというのに。文句のひとつも言いたくならないんですか？」

千秋さんは手すりに背を預け空を見あげながら、呟く。月明かりに照らされるその横顔が、ほんの少し寂しそうに見えてしまった――

この関係を提案したことを、後ろめたく思っているのだろうか？

だったら、その必要はない。

「文句なんてありませんよ」

きっぱり否定すると、彼の意識がこちらに流れてくる。

「好きな人から結婚指輪をいただけて、こうして一緒に過ごすことができて、嬉しくないはずありません。だって私は、ミーティングルームでも伝えたように、ずっとずっと千秋さんのことが好きだったんですから」

千秋さんの眼鏡の奥の切れ長の目が、ゆっくり見開かれる。

「……私は、すでにあった意志を曲げるって難しいことだと思うんです。自分の経験に基づいて備わってきたものですから。だけど千秋さんはあの日一念発起して、私と結婚しようとした……。私はこれ以上のチャンスは、ないと思っています」

一歩近づいて、私よりはるかに大きい千秋さんを見あげる。

「それに、偽装結婚って言われたときは驚きましたけど、千秋さんはこの二週間、いつだってこうして私の気持ちを無下にせず、歩み寄ってくれました」

さっきも言ったように、両親を安心させてくれて、引っ越しの手配や準備だってしてくれた。忙しいなか率先して前に出てくれた。そして今日……こんなサプライズプレゼントがあるなんて、誰が予測できただろう。

「むしろ私はとっても感謝していて……とっても幸せです」

形のいい唇が、なぜかかすかに戦慄《わなな》いて、きゅっと噛み締められる。

「この状況は私の意志です。千秋さんが私を大事にしたいと言ってくれたのと同じように、私も千秋さんのことを大事にしたいと思っていま――ひゃっ！」

突然、両手が伸びてきて、肩を掴んで引き寄せられた。

え……

「――もう、わかりましたから……やめてください」

ふわりとグリーンの香りに包みこまれた。頭の中が真っ白になる。

「なんでこういじらしいかな……恥ずかしげもなく、困るんですよ。あの日から急に乱入してきて……ほんと、たちが悪い。……無自覚の、テロリストですか」

力強い腕。もどかしそうな声を傍で感じる。気づけばぎゅうっと、パジャマの胸元に押し付けられ、私たちの距離はゼロになっていた。

――なにが、起きているの……。どうしてなのか、抱きしめられている私。呼吸がとまる。

でも、今、テロとか……言ったよね？　不快な気分にさせてしまった……？

「……私、なにか気に障ることを――」

「あなたの幸せの閾値《いきち》が低すぎて心配になったんです……なんとなく領地に侵入してきたことには気づいてましたけど、うかうかしてるうちに占拠されそうだ……」

……言っている意味が全然わからない。脳内はさらにパニックだ。

だけど、千秋さんの口調はとても柔らかくて、私を包みこむ腕はとても優しかった。

「あの――」

もう一度尋ねようと顔を上げたら、腕が緩んで解放された。

「――まあ……そうなったときは、ちゃんと責任とってくださいね」

大きな右手がピタリと私の頬を包みこみ、話を遮《さえぎ》られる。

そして、一瞬だった。身を屈めた怜悧《れいり》な美貌が頬を傾けながら近づいてきて、瞬く間に唇が奪われる。

――ちゅ。

びっくりして、千秋さんを見つめる。

――今度はなにが起きたんだ……

体中の血液が音を立てて駆け巡って、一気に頬に集中する。

「……トマトみたいですね」

――そうじゃなくて！

「な、なんで……」

赤い顔を手で隠し、目を白黒させる私。

頭がついていかないでいると、千秋さんは私を柔らかな面差しで見つめ、距離を詰めてきた。

「さっき車内でこういう妄想をしていたのかな？　と思って」

耳元で低く密やかな声で囁《ささや》かれる。

困惑しながらも、〝車内の妄想〟という言葉には、強い心当たりがある。とても嫌なほうの。

「俺は指輪を渡したいから呼び出したのに……桜さんは、もっと濃密な『夜の時間』を過ごしたそうにしていましたから。そう過ごすのも悪くないかな？　と思って」

帰りの車内での勘違いは、お見通しだったようだ。

恥ずかしい話を引っ張り出され、脳内が真っ白になる。それも『悪くない』なんて、期待をもたせる意地悪をされて、どうしていいかわからない。

「あれは、千秋さんが紛らわしいことを言った……、から……」

夢中で否定すると、またぐっと彼が迫ってきた。それがあまりに近くて、表情がとても優しいものだから……途中で言葉が続かなくなった。

月明かりに照らされる黄金比率の顔。緩やかな夜風に揺れる長い前髪。眼鏡の奥の眼差しがいつもと違って熱っぽい。

なんでそんな顔をしているの……？　だめ。感覚のすべてが掻っ攫われる……

「……なるほど、俺のせいですか」

千秋さんはどこか納得したように呟きながら、私を囲うようにして、寄りかかっていた手すりを両手で掴む。

「──っ」

再び息の触れ合う距離から見おろされ、声すら出てこなくなる。

……逃げられない。なのに、嫌じゃない。どことなく甘い空気に、脳が麻痺しそうだ。

「なら……こんなことしたくなったのも、桜さんの口説き文句に乗せられた俺のせいですね。こうやって追い詰めたくなるのも、触れたくなったのも……ぜんぶあなたに言い寄られた──俺のせい」

「それ、は……」

ズルい……。なじるような響きで私を封じながら、まるで暗示でもかけるように繰り返し言い聞かせてくる。

こうなったのは、本当は私のせいだと。そして、自分も流されることを望んでいると言わんばかりの、ズルい言いかただ。私が言った言葉の、ナニにどう『乗せられた』のかわからないけれど……っていうか、そもそも口説いた覚えはないのに……。少しでも気を惹けるのはうれしくて、彼がどこまで本気なのかわからないけれど。そんなこと言われたら……私は――

「――期待している。そんな顔をしていると食われますよ。俺だって男ですから」

逃げられるわけがない。だって、あなたのことが好きだから……

残り数センチの距離を詰められるのを、すんなり目を閉じて受け入れてしまった。

千秋さんは片手で私の腰を引き寄せ、もう一方をうなじへ移動させながら口づけていく。

はじめは何度もついばむように、しだいに深くなってきて……眼鏡を外した彼は、隙間から滑らかな舌を挿しいれ、柔らかく絡みついてきた。

「んぁっ……」

まさか、奥まで探られるとは思わずピクリと震える。そのままゆっくりと口の中を探られ、頭のなかに唾液の混じる音が響いた。

熱い舌に絡められて、じゅるっと吸われる。快感が全身を伝い、ずくりと下腹部が熱を持った。

「ふぁ……んぅっ」

これでは、車内で危惧していた妄想が現実になってしまう。そう思うのに、脳がチーズのように蕩《とろ》けて、わずかにあった迷いや戸惑《とまど》いが押し流されるのがわかった。

まるでそれ自体が交合のようで、私の奥深くを求めてやまない、濃密な触れ合い。

ミーティングルームで交わした翻弄するようなキスとは違う。

――なんで、こんなキス……

「はぁ……まっ、て」

かすかな理性を総動員させて、胸を押しかえす。

「――だめ、逃がさない」

だけど、うなじに回った手に逃がしてもらえず、再び滑らかな舌に追いかけられる。

気持ちが通じ合っていないのに、満たされた気持ちになるのはなぜだろう……どんどん溺れそうで怖くなる。

しばらく貪られたあと、ぼんやりした意識の中、唇がゆっくり離れていった。

千秋さんは脱力した私を支えながら眼鏡を戻し、口からこぼれた唾液をするりと拭ってくれた。

「……ごちそうさま」

本当に、捕食された気分だった。頭はボーッとして、足はガクガクで使い物にならない。

身を委《ゆだ》ね呼吸を整えていると、力の入らない足がふわりと浮いた。

「わ……っ」

――お、お姫さま抱っこ……！

すぐに動き出し、部屋のほうへ移動する。

も、もしかして……これって。

「ち、あきさん!?　ちょ、ちょっとまってください……！　こ、心の準備が」

この流れで行く場所など、ひとつしかない。

本当のところ、準備万端でやってきたけれども、このままなし崩しに体を重ねるのはやっぱり抵抗がある。そりゃ、彼のことは好きだけど……私たちは偽装結婚で、私が欲しいのは彼の心だ。慌てて声を上げる。

「心配しなくとも、部屋に送るだけです。その足じゃ歩けないと思うので」

え……？

瞬きしているうちに、千秋さんは言葉通りバルコニーから私の部屋の窓を開けて中へ入る。隅っこのシングルベッドに近づくと、静かにその上に座らせてくれた。

絡んだ眼差しはいつもの涼しげなものに戻っていて、いやらしい雰囲気は一ミリもない。

――早とちりだ。

「す、すみません……」

善意を疑ってしまい恥ずかしい。頭を下げると、ポン、と頭の上に手が乗った。

「あのままあそこにいたら……俺がまずい」

「……え？」

小さくて聞こえなかった。なんて言ったのだろうか。瞬きして首を傾げると。

「……明日から、指輪《それ》つけてください」

千秋さんは、私の左手の薬指を見て、さらりと話をすり替えた。

そして、私の返事を聞く前に、「おやすみ」とかすかに微笑み自室に戻ってしまった。

……行ってしまった。それを望んでいたはずなのに、いざ離れると名残惜しいなんて矛盾している。

扉が閉まると同時にベッドにボフンッ！　と倒れこみ、枕に顔を埋める。

まだ唇が熱くて頭がフワフワする……

いろんなことが一度に起こりすぎて頭が整理できない。

『こうやって追い詰めたくなるのも、触れたくなったのも——』

深く考えたり、気持ちを推し量ったりするのは得意じゃない。

けれど無意識に期待する気持ちが込みあげてくる……

ケースに戻したリングを見つめながら、その夜の私は、しばらく胸の高鳴りを収めることができなかった。

◇

たいして眠れないまま朝が来てしまった。

起床してリビングに行くと、すでに千秋さんの姿はそこにはなかった。

『先に出ます』

昨日の甘い雰囲気が嘘のような、彼らしいシンプルな置き手紙がテーブルに一枚。

どんな顔で挨拶《あいさつ》をしようかと身構えていただけに、拍子抜けだった。

私も頭を切り替え、長いストレートヘアをひとつに束ね、シンプルなシャツとAラインの黒スカートを身につけ、いつもより三十分ほど早く出勤した。

全体朝礼のある月はじめは、全役員が出勤してくるため秘書室全体が慌ただしい。

今日から本社勤務のはじまる彼は、私以上に大忙しだろう。

「國井、朝礼んときに配布する資料は？」

「さっき総務が回収していきました」

「スケジュールの件は？」

「来週末はみんな十五時以降フリーにしてあります」

「差し迫るものがないなら、そのままにしておいてくれ。歓迎会の日取りが確定したと幹事の坪井から連絡がきた」

めまぐるしい秘書室内で業務に勤しむ。

向かいのデスクの藤森さんと確認を取りながら、手分けしてメールチェックやスケジュール確認といった、朝のルーティンワークをこなしていく。非常勤役員は現経営陣に経営を一任した元役員たちで、幸いあまり込み入った業務はない。だとしても手違いのないようにしなければならない。

あれこれと仕事に勤しむ最中、ふいに、シャツの中で、シャラリとソレが揺れるのを感じ取った。

――あ……そうだった。

ふと、出勤前にあった思わぬトラブルを思い出し、内心ガックリと肩を落とす。

身支度を整え、昨夜もらったマリッジリングをウキウキしながらケースから取り出し指に嵌めたときだった。

昨日とは違ってスルスルと指の周りを回ってしまったのだ。

『あれ……？　昨日はいい感じだったのに』

もちろん、何度やっても指が太くなるわけもなく、多少関節にひっかかるものの落とさないか不安になる。考えた結果、チェーンに通して身につけてきた。

千秋さんに嵌めてもらったときは、ジャストサイズだと思ったのに……お風呂上がりで浮腫《むく》んでいたのだろうか。

『……明日から、指輪《それ》つけてください』

こうなったら仕方ない。様子を見て千秋さんに相談することにした。


「おや……？　しまった……」

その後、担当役員たちが出社し、定例の流れを終える。それから三十分もしないうちに、二十五階の大きなミーティングルームで行われる役員朝礼に向かった。専用エレベーターに乗りこんだところで、胸元やスーツのポケットを探りながら声を上げたのは会長だ。

「……どうなさいました？　会長」

隣りにいた私も担当役員も、パネルを操作していた藤森さんもくるりと振り返る。

「愛用の万年筆を執務室に置いてきたようだ……。戻りたいんだが――」

朝礼への参加者は上層部役員のみ。それ以外の社員は各フロアにてリモートでの参加となっている。

時間まではまだ余裕があるが、会長に足を運ばせるわけにはいかない。藤森さんに目配せをし、迷わず言った。

「私が行きます」

すぐさま会長の執務室に戻る。出る直前まで役員たちと応接室ソファーのあたりで話をしていたから、きっとそのあたりだろう……と考えを巡らせながら、エレベーターを降りて廊下の最奥にある行き慣れた執務室を目指した。途中、手前の社長室の隣の扉が静かに開き、スラリと背の高い外国人の男性が出てきた。

ん？　……あれは。

「――ん？」

男性もこちらに気づき、首を動かす。

緩い癖毛のライトブラウンのミディアムヘア。彫りの深い顔立ちに、すらりとした鼻。瞳は少女漫画に出てくるようなブルーやグレーがかったグリーン。高身長の体には三つ揃いの高級スーツを纏っていた。

この人が、例のレノックスの御曹司・クリスだろう。

とても綺麗な男性だ……ちゃんと挨拶《あいさつ》しなきゃ。

「おはようございます、はじめまして、私――」

一度足を止めて、得意の英会話で自己紹介をしようとした。その瞬間――

「――やっぱり！　君、サクラ？　サクラだよね！」

「へ……？」

パチリと視線が合った直後、なぜだか彼は流暢な英国語とカタコトの日本語を交えながら連呼してきて、体当たりするように飛びついてきた。

「ひゃあっ……！」

身構えることもできず、あっという間に自分よりも四十センチほど大きな男性に肩を鷲掴みにされ逃げ場を失う私。悪気はなさそうだけれど、勢いがすごくて戸惑《とまど》う。

「あぁ！　やっぱりサクラじゃないか！　この素朴な顔と子供みたいな小さな体！　まさかこんなところで会えるなんて……！　ずっと会いたかったよ――！」

「えっ……ちょっ、うぶっ！」

素朴⁉　子供⁉　不満に思ったのは一瞬。なぜだかそのまま肩を引き寄せられて、ギューッと硬い胸板を押し付けられ、窒息しそうになる私。

え……！　ま、待って！　クリス、だれ……⁉

第六章　人の心を騒がせる人

突然、廊下で見知らぬ男性に名前を呼ばれ、抱きしめられた私。頭は大混乱のキャパシティオーバーだった。

「あっ、あの！　ちょっと、待ってください――」

とりあえず落ち着いて、高級スーツを纏った大きな体をぐっと押し返す。

彼はカナダ人。外国人上司にはファーストネーム呼び、フランクに接するのがマナーだ。

外資秘書の基礎をおさらいして話を切り出そうとした。

「いやぁ、何年ぶりだ～？」

だけど、相手はそんなのお構いなし。今度はガシッと大きな手のひらで両手を握られ「ぴぇ！」と震える私。

「サクラがホームステイにきたとき以来だから、もう、七年くらいになるか？」

嬉しそうな笑みを浮かべながら流暢な英語を奏でる彼だけど、え？　ちょっと待って。今、なんて言った……？

「ホームステイって……」

「忘れたなんて言わせないよ？　僕たち、二ヶ月もひとつ屋根の下で暮らした仲だろう？」

身に覚えのあるワードと、印象深いグリーンの瞳を見ながら、ひとつしかない記憶がぼんやりと脳裏に浮かぶ。胸の奥が暖かくなるような、懐かしい思い出。

「――もしかして、クリスって、あのクリスなの……？」

目の前で微笑む、人形のような整った顔を見つめながらふわりと記憶が蘇《よみがえ》る。

――大学二年生の春休み、私は二ヶ月間カナダに語学留学をした。

高校時代に読んでいた小説の影響で秘書を目指しはじめ、どうせやるならとお母さんに背中を押される形で目指したのが国際秘書だった。

そうして大学生活の中でさらなるステップアップを目指した私は、ホームステイでの語学留学を決めた。

そこで、私を受け入れてくれたのが、こちらのクリスこと〝クリスチャン・ヴァン・レノックス〟の家――レノックス一家だった。

穏やかで優しい夫妻と、機器オタクと言われるほど電子工学技術に精通していた、研究熱心なふたつ上のひとり息子のクリス。

当時のクリスは容姿に無頓着で、大きな瓶底眼鏡とモッサリしたマッシュルームカットがトレードマークだった。

周囲からバカにされるのもヘッチャラで、いつもついていけない専門用語を交えながら、電子機器の素晴らしさについて語っていた。でもそんな愛嬌のある姿が周囲からとても人気があった。

その頃は、なぜそういうものに興味があるのかと思っていたけど、家業の影響だったのだろう。

『サクラ、また会えるよね……？』

そう……。帰国間際、人一倍別れを惜しんでくれたけれど、互いに忙しさもあって、頻繁にしていたメールのやり取りも薄れ、随分と疎遠になってしまった。

——まさか、そのクリスが。

信じられない思いで見つめていると、クリスはとっても嬉しそうにニッコリと微笑む。

「……その顔、やっと思い出したみたいだね？　日本に来たら、一番にサクラに会いに行きたいと思っていたんだ」

「本当に……クリスなの……」

こんなに大変身してちゃあ、そう思うのも無理はない。

ほんのり猫背なのは変わりないけれど、あの頃の瓶底眼鏡とモサモサヘア、そして、しわしわのシャツとデニムに薄汚れたスニーカーを履いていた面影なんてちっともない。

っていうか、クリスの家って会社を経営していたの……？

「まあ、いろいろあってね。前みたいに機器を愛でる時間はなくなったが、中身は昔のまんま！会いたかったよ！　サクラ〜！」

……愛でるってなんだろ。——じゃなくて。グリーンの瞳をキラキラさせた彼は、両腕を広げて再び飛びこんでくる。

ちょ、ちょっと……！

「——クリス」

地を這《は》うような声とともに、肩に手が触れて体がグイッと横に引かれた。

あっ……

トンと背中に温もりが触れると同時に、両腕を盛大に空振りしたクリスは壁に激突し、「ぐぇっ！」とカエルみたいな声を上げながらずり落ちる。

「友人と再会できて嬉しいのはわかりますが、今から朝礼であなたを紹介します。遊んでいる暇はありません」

「……ぜねらる、マネージャー」

「ぢ、アキ……？」

ダークスーツに、知的な小紋柄のネクタイ。前髪を仕事仕様に横に流した千秋さんが、私の肩に手を乗せ、どことなく呆れた様子でクリスを見下ろしていた。

危うく名前を呼んでしまいそうだった。

これは……た、助けてくれたのだろうか……？　と、思ったのもつかの間。すぐに離れ、ポカンとしている私を、セルフレームの眼鏡をギラリと光らせ見下ろす。

「なぜ、國井さんがここに？」

ひぃっ！　助けられてない！　油を売っていたな？　とその目が指摘している。昨夜の甘さは影も形もない。

「――えっと～……会長の忘れ物を取りに向かうなかお会いして、ご挨拶《あいさつ》していまして……」

朝礼もあるし、さらなる叱責が飛んでくる前に先を急いだほうがよさそうだ。一歩引いて頭を下げる。

「――すみませんでした。すぐに戻ります」

謝罪して、そそくさと戻ろうとした。

だけどそのとき。突然パシンと左手を掴まれた。

「え……？」

立ち止まって振り返ると、仕事に戻るように促したはずの千秋さんが掴んでいる。

レンズが反射して表情が読み取れないが、掴んだ手元に視線を落としているように見える。

「あ、あの……」

矛盾した行動に、わたわたしていると、

「……いえ……なにも」

彼は静かにそう呟いたあとニコニコ愛嬌を振りまくクリスを捕獲し、ミーティングルームへ行ってしまった。

なんだかいつもの千秋さんじゃないような気がした……

◇

「へぇ――あのイケメン御曹司と知り合いだったの」

千秋さんのことが引っかかったまま午前中の業務に没頭し、お昼休みになった。

ビル十階にある社員カフェで友子に今朝のことを話すと、アイスティーのストローをカラカラ回しながら楽しそうな声を上げる。

「私もまさかこんなところで会うとは思わなくて、びっくりした」

「それも、再会早々悪魔と言われる旦那の前でガッチリ抱擁《ほうよう》しようとするなんて……さすが欧米人というか、怖いもの知らずというか……」

悪魔も怖いもの知らずも余計だけども……

朝礼が行われ、クリスは会長から社員に紹介をされた。まるで異国の王子さまみたいにキラキラしていた彼は、各フロアをざわつかせたようだ。

『レノックス社のクリスチャン・ヴァン・レノックスです。本日からレセプションパーティーまでの約三ヶ月間、お世話になります。クリスと呼んでください』

昔の面影はなく、まさに誰が見ても大企業の御曹司そのものだった。

リモートでの挨拶《あいさつ》後、社内のあちこちから聞こえてきたのは、女性たちのうっとりとしたため息だ。

『ほとんど英語でよくわからなかったけど、素敵ね～』

『噂だとあれで恋人もいないらしいわよ』

『嘘！　もったいない』

社内案内の際は、就業中にもかかわらず女性社員たちが行く手を取り囲み、終始通訳の千秋さんが頭を抱えていたとか。会長とともに様子を見に行った藤森さんがニヤニヤしながら教えてくれた。

ちなみに千秋さんのほうは、朝のようなおかしな様子はなく、冷静沈着でクールな秘書室の悪魔は健在だった。様子がおかしいように見えたのは、やっぱり私の気のせいだったのかな……？

「――でもあれね」

「へ？」

続いた友子の声で意識が戻る。

「早いところその結婚指輪のサイズ直してもらって、旦那がいるってアピールしておいたほうがよさそうね」

友子が、私の首元のチェーンを示し、肩を竦めた。

友子には顔を合わせて一番に、千秋さんから昨夜指輪をもらったことは報告済みだ。緩くてチェーンに通していることも。

「クリスは昔からあんな感じだったから、大丈夫だよ。友子が考えているようなことはないよ。でも、指輪の件は近いうちに千秋さんに相談してみようと思う」

朝のことを聞いて、クリスが私に気があると考えたのだろう。外見こそ変わったが、クリスは昔から人懐っこい。同じ家で過ごした妹的な感覚もある。

「まぁ、面白そうだから、いーけど」

なんだか友子は言いたいことがあるようだ。

アピールはともかく、私も早くサイズ調整をしたいけれども。

そのときだった、私のスマートフォンが振動した。

断りを入れて出ると、藤森さんからの電話だった。

「お疲れ様です！」

『おお、國井！　頼みたいことがあるんだが――』

◇

早々に昼休みを切りあげ秘書室へ戻った。

入室すると、すでにデスクでＰＣをいじっていた藤森さんがこちらに気づき顔を上げる。

「おお、悪いな！　午後からでよかったのによ」

「いえ！　もう食べ終えていたので」

更衣室のロッカーから持ってきた鍵でデスクの引き出しを開け、そこに入っていた一冊のファイルを藤森さんへ「どうぞ」と手渡す。

「さんきゅ。俺のもあるにはあるが、お前のこのファイルが一番整理されていて見やすくてな」

「フフッ、そう言ってもらえて嬉しいです」

電話の内容は『國井の秘蔵ファイルを借りたい』、という内容だった。

私には、秘書として役員や取引先の顔や名前、さまざまな嗜好を記憶するために、入社時から個人的に作成しているファイルがある。

会話やリサーチ等で知った情報を細かくメモして、会食のセッティングなどに役立てているのだ。

個人情報漏洩対策のため、普段は鍵付き引き戸に入れて管理している。藤森さんはそれを以前から、『秘蔵ファイル』と言ってありがたがってくれる。

「で、なにがあったんですか？」

午後の仕事に軽く手を付けながら問いかける。

藤森さんは早くも渡したファイルを広げ、支給されているタブレット端末にメモをしながら、事情を話した。

「あぁ、歓迎会のことだ。坪井《あいつ》、今回幹事だろ？　だけどあいつは酒を飲まないから、ホテルに出すリストの確認を頼まれたんだ」

来週末に、毎年八月開催の役員暑気払いを兼ねたクリスの歓迎会が予定されている。

しかし、うちの飲み会は無類のお酒好きが多く、役員や藤森さんを筆頭に、飛ぶようにボトルが空くことで有名だったりする。だから近年開催するリゾートホテルからは、料理とともに酒類の入念な打ち合わせも求められている。

お酒を嗜まない坪井さんからすれば、会食のセッティングよりも厄介だろう。まだ幹事を経験したことのない私には、想像しかできないけれど。

納得していると、藤森さんの悪だくみするような呟きが続いた。

「……嶋田のやつが参加するのは、何年ぶりだろうな～。さぞかしこの歓迎会に怯えてんだろ～が」

印刷した書類を取りに行こうとした私の足がピタリと止まった。

聞き捨てならないセリフだ。

「……ゼネラルマネージャーが、なんで怯えるんですか?」

すると、藤森さんは待っていたと言わんばかりに「おいおい、國井。知らないのか?」とわざとらしくタブレット端末から顔を上げた。

その様子はどこか、言いたくてウズウズしているようにしか見えない。

「嶋田の弱点といえば酒！　こりゃあ、常識中の常識だろう?」

釣られていると感じながらも、私は意外すぎて「え！」と書類を拾っていた顔を上げた。

あの千秋さんが、お酒に弱い……?

手元で仕事を再開させつつ、気になって耳がダンボになってしまう。

藤森さんは意気揚々と続ける。

「本社《ここ》を出てからは顔を出さなくなったが、それまでは毎年イヤイヤながらも飲み会に出席していたんだ。捻《ひね》くれた性格だから、自分じゃ絶対に酒が弱いって認めないが、いつもグフス半分飲むのがやっとだったぞ」

そういえば……私が入社してから、飲み会で千秋さんを見かけたことはない。

グループ内の秘書室を統括する立場なら、来るのは当たり前なはずだ。忙しいからと解釈していたけれど、そういうことだったのか。

「上から勧められたとはいえ、いつものツンケンした口ぶりで断ればいいのによー、あいつは妙に律儀というか、バカ真面目というか……ギリギリまで拒まねぇんだ。帰り道のベンチで頭抱えてて、タクシーで家まで付き添ったこともあんぞ」

「付き添い……？」

ポンポン出てくるエピソードに驚愕して、今度はロッカーの前で資料を探っていた手が止まりそうになる。

帰り道というあたりが完璧な彼らしいけれど……酔い潰れたってこと？　それもよく憎まれ口をたたき合っている藤森さんを頼るなんて。

「それは驚きです」

作業が終わった藤森さんは、礼を言いながらファイルを私のデスクに返した。

「――でも、今回の歓迎会ばかりは嶋田も行かなきゃならねーだろう？」

「それはそうですね。クリスの歓迎会ですから――……あっ、すみません」

藤森さんは、それとなく私の仕事状況を察し、私が探していた資料をロッカーの一番上から引き抜き手渡してくれる。

「それに、さっきちぃ～とばかり、会長に焚《た》き付《つ》けられたからな～」

……会長に？　社内案内のときのことだろうか？

「……なにかあったんですか？」

「ああん？　そりゃー俺の口から言ったら面白くねーなー。気になるなら歓迎会であいつをベロベロに酔わせて自分で白状させてみろよ。どうせ単純なお前のことだから、あいつに手のひらの上で転がされているんだろう？」

ここまで興味を引いておいてひどい……と思いつつも、その通りの指摘にぐっと声を詰まらせる。

言うまでもなく、私は転がされまくっている。

「まぁ、はじめは心配したが、案外うまくいっているようだしな？　たまには主導権握って、あいつを翻弄してやれよ〜」

藤森さんは失礼にもガハハ！　と大笑いしながら、私の頭を犬にするようにかき混ぜ仕事に戻っていった。

なにを思って『うまくいってる』と言ったのかわからないが、私が千秋さんを翻弄するなんて無理がある。だけど。

――千秋さん、お酒に弱いんだ……

こんな入れ知恵をされたら、話は変わる。

今の話だと千秋さんはボスからのお酒は断らないようだ。

もしクリスがお酒を嗜む人だったら、付き合いで千秋さんも飲まざるを得ないだろう。そうしたら、お酒に弱い彼が酔ったりとかして……？

……今朝私を引き止めた千秋さんは、いつもと様子が違っていた。

冷静沈着な彼は、普段からなにを考えているのかまったく読めないし、自分の気持ちを口にする人ではない。

お酒を飲んで弱った彼ならポロリと本音をこぼしたり……あわよくば、酔った彼を介抱することで、彼の心に近づけたりするのだろうか。

昨夜のキスを思えば嫌われてはいないだろうが、真意を探る度胸を持ち合わせていない私には、魅力的な手段のように思えた。

千秋さんには悪いけれど、私は心のなかで静かに息を呑んだ。

◇

それから、多忙を極める千秋さんとは、歓迎会当日まですれ違いの生活が続いた。

赴任直後の千秋さんは、とにかく忙しそうだった。

終業後は統括業務やフーズの後任の対応に追われ、帰宅は私がベッドに入ってから。うち数日は地方へ出張するクリスの同行があったりして、自宅でも挨拶《あいさつ》のみで会話という会話ができなかった。

そして八月二週目の金曜日。終業後、私たちは送迎バスに揺られ会社から十分ほどの距離にある高級リゾートホテル、グランツ・ハピネスにやってきた。

最上階の、夜景が綺麗なガーデンスペースに隣接する会員制ラウンジ。近年はここを経営する総帥が肇社長のご友人であることもあって、毎年貸し切らせてもらっている。

豪勢なお料理が立食テーブルに並び、洗練されたボーイにカウンターの奥には数名のバーテンダー。役員も秘書も華やかなスーツに衣装チェンジし、いつにも増して華やかな雰囲気だ。

――けれども、歓迎会開始十分後。

会長から引き続いたクリスの流暢な英語での挨拶《あいさつ》を聞いて、私は肩を落としてしまった。

「――本日は私のために、歓迎会を開いてくれてありがとうございます。お酒は飲めませんが、皆さまとのコミュニケーションを楽しみにしています」

――お酒は、嗜まない……

酔った千秋さんから本心を探れるのでは？　という私の期待は、木っ端みじんに打ち砕かれた。……っていうか、そんな疚《やま》しいことを期待していた自分が情けなくて、瞬時にいたたまれない気持ちになった。顔が引きつる。

「どうしたの？　桜」

上品なレースワンピースとジャケットに身を包んだ華やかな友子が、不審そうに首を傾げている。

「いや、なんでもない」

私は慌てて、更衣室で着替えてきた、シンプルなレーススリーブとテーパードパンツの身なりを整え取り繕う。

「最近旦那とすれ違っているって言っていたから、寂しいんでしょう？　ほら、あそこでムッツリしているわよ」

またからかって……と思いつつ、赤いネイルの友子の人差し指の先を追う。すると、社長や取締役たちに囲まれたクリスの隣で、それとなく会話のフォローをしている千秋さんの姿があった。

細身のダークスーツとセンスのいいブラウンのネクタイ。セルフレームの眼鏡に、涼しげな面立ちは相変わらず美しい。そして、右手にはウーロン茶の入ったグラスを持っていた。

――お酒を飲む気配は、やっぱりなさげだった。

とはいえ、こうしてゆっくり顔を見られるのは、クリスとの再会から救い出してもらって以来だろうか。久しぶりの再会のような感覚になり、胸がときめく。

「——そういえば、桜、この前、クリスに誘われてたよね？　いいの？」

友子がカウンターから受け取ったジョッキを傾けながら、目を中央へ移す。オレンジジュースを受け取った私もそれにならう。

穏やかに微笑むクリスの周りには、取締役たちのほかに、色めく女性役員の一団が集まりはじめていた。千秋さんは、どことなくさっきよりも険しい顔つきだ。

「ああ、うん——」

そういえば三日前だろうか、友子とお昼休みに行く途中、すれ違いざまにクリスに引き止められた。

『サクラ、僕のウェルカムパーティーで久しぶりに話せない？』

久々の再会で、思い出話をしたかったのだろう。私もできたら嬉しいと思っていた。

だが、ちょうどやってきた千秋さんに、次のセミナーへ連れていかれ、返事はしないままだった。

「そんな余裕はなさそうだし、またの機会でいいよ」

ああ囲まれていちゃそれどころではないだろう。もっと落ち着いたときにゆっくり話せばいい。

「……向こうはそう思ってないようだけどね～」

「え？」

友子がぼそりとなにか言ったような気がするが、「なんでもない」と首を振って、私の首元のチェーンに視線を向けた。

「それより、桜、指輪は？　今日やっと言うんでしょう？」

話を逸らされた気がするが、服の下から指輪を引き出し、チラリと見せた。

ほんの少しチェーンが長いため、引っかけないようにいつも服の中に入れている。

「うん。今夜こそ顔を合わせられると思うから、相談しようと思う。早いうちにショップに行って、調整してもらいたいなあ」

「一緒の家に住んでいるのに、なんで一週間もかかるんだか……」

「か、帰りの時間が」

「どうせ夜はすることするんだから、そのときに相談すればいいじゃない」

「――げほっ！　げほっ！」

不意打ちであらぬところを突かれ、ジュースを吹き出しそうになった。

偽装結婚で夫婦別室、そしてキスで立てなくなる私には刺激の強すぎる話だ。もっとも、友子にそんなこと話せるわけがないのだが。

「――お前のすることは、相談じゃなくて嶋田に酒を飲ませることだろう！　國井！」

そんなことを考えつつ呼吸を整えていたそのとき。呆れ顔の友子の背後から、ぬっとクマのような大きな影が現れた。

「藤森さん」

ビールを手に、顔を赤くしている上司だ。

「俺も混ぜろ」と言いながら、友子との間に大きな体をぐいぐいねじこんできた。

いい感じに酔っ払っている……

「なんの相談かわからねえが！　嶋田に酒を飲ませて、ベロベロに酔わせる。それであいつを尻に敷いてぺったんこにするのが、今日のお前の任務だろう⁉」

話の趣旨が変わっているような気がするが、どうやらこの前の秘書室で話した件のことらしい。

ついさっき、偶然を装ったそれを期待していた身としては、後ろめたい話だ。ちびちびオレンジジュースを口に運びながら、視線を逸らす。

「……そんなことしませんよ。普段から飲酒しない人が飲んだら大変なことになります」

友子が興味津々で「なになに？」と目を輝かせるので、彼女にはカウンターから届いた二杯目のビールを押し付け気を逸らさせた。

「こんなチャンス、滅多にねえぞ～？」

「私もお酒の恐ろしさは知っているので」

入社当時の歓迎会で、甘いカクテル一杯で眠ってしまい、友子と藤森さんに家まで運んでもらったことがある。トラブルはなかったようだが、それ以来外出時のお酒は控えている。

そう。お酒を無理に飲ませるのはよくない。どの口が言うという感じだが。

「なるほど、あんたたち似たもの夫婦なわけ」

察した友子がニヤニヤしている。

……まずい。千秋さんの威厳が。

「――とにかく、お酒は必要ありません。指輪の話もできなくなっちゃいますし」

空のグラスを置いて、カウンターにおかわりのジュースを取りに行こうとした。

藤森さんの「ええ〜」という不満そうな声は、聞こえないふりだ。

だけど、そのときだった。

二歩目を踏み出した、そのとき。

あれ……？　なんだろう……？

体が思うように動かなくて、視界が揺れる。

「ちょっと、どうしたのよ」

友子がふらついた体に手を添え、いくつか設けてあるテーブル席に座らせてくれた。

「あ、うん……ごめ」

「調子でも悪いの？」と心配する彼女の横から、藤森さんもにょきっと顔をのぞかせる。

「まさか酒なんて――」

いつもみたいにからかってきたが、私の手元の空のグラスを見て、「ん？」となにかに気づいたように眉をひそめる。

それから、すぐにカウンターのメニュー表を持ってきて、私の飲んでいたグラスと見比べた。

「おいおいおい……國井。冗談やめろよ。それ、カクテルグラスじゃねぇか」

「――へ」

藤森さんは教えてくれた。

ここではジュースとアルコールをグラスで分けていて、私の持つワイングラスは、アルコール入りなのだと。

証拠に、藤森さんの指差すお品書きのオレンジジュースは、タンブラー形のグラスにオレンジが縁添えしてある挿し絵が描かれていた。

「え……」と言葉を失う。

注文したのはジュースのはずだ。やけに甘くて飲みやすいと思っていたが、別物だった……？

「カウンターで間違えたか、國井が取り違えたか……」

「ぜんぶ飲んじゃっているわねぇ」

なぜ、私が飲んでいるのか……

気づいた途端、なんだかクラクラしてきた。

「ちょっと、桜……！」

「國井！　愛しの嶋田を呼んできてやるから、今日は安心してここで寝ろ！」

——それはやめてぇ～……！

◇

「はぁ……、まさかこんなことになるなんて」

メインイベントを開催しているラウンジからは、時折にぎやかな声が漏れてくる。

『外の風を浴びれば酔いは覚めますから、大丈夫です』

千秋さんに報告しようとする藤森さんをなだめて、よろよろとラウンジの裏側にあるガーデンスペースに逃げてきた。

淡いオレンジのライトに包まれた、オシャレな植木とベンチが並んでいる洗練された空間だった。

草木に隠れたベンチの端っこに陣取り寄りかかる。

あれほど千秋さんの介抱を妄想していたのに、自分がお酒を飲むことになるなんて……

これは彼の知らないところで、彼の弱点を利用して近づこうと考えた私への罰だろう。

「風、きもちい……」

頭が重たくなってきて、背もたれに体を預け、目を瞑《つむ》る。

タイミングよく千秋さんの姿はなかったけれど、ここにいることを知られるのは時間の問題だ。

それまでに少しでも回復したい。千秋さんに迷惑をかけたくない……

そのとき、廊下に続く扉のほうからカタンと音がした。

「――サクラ……？」

植木の陰から、カタコトの日本語とともに、大きな人影がひょっこり姿を現した。

「……クリス」

オレンジ色のライトにライトブラウンの癖毛が透けて、彫りの深い美しい顔立ちが優しげに緩む。

「こんなところにいたんだ。さっきラウンジに戻ったらいないから、帰ったのかと残念に思っていたんだよ」

クリスは流暢な英語を連ねながら、のろのろ姿勢を正そうとする私の隣に座り「調子悪いの？」と心配そうに覗きこんでくる。

「……あ、うーん、酔ったみたいで、外の空気を吸いに来ていたの……。クリスは？」

重い身体にムチを打ってなんとか応えると、クリスは苦笑した。

「僕は、疲れちゃって……」

クリスは女性役員の質問攻めに疲れたらしく、電話でラウンジを抜ける千秋さんについて出てきたという。同じく人気のない場所を探しここにたどり着いたとか。

水は？　体は？　と気づかってくれたが、さっき友子が置いてってくれたテーブルのグラスを指さしどうにか大丈夫だと答えると、安心したようにふわりと笑った。

「……こんなときになんだけど、再会できてうれしいよ。秘書になりたいとは言っていたけど、まさかここに勤めているとはね」

私の体調を気にかけながらも、クリスは和やかに話しはじめる。

「……この前は気づかなくて、ごめんなさい」

「ははっ！　いいんだよ。実は、経営者として表に出るのに、見栄えが悪すぎるって、母さんにメークオーバーされたんだ。気づかなくて当たり前さ！」

先日の非礼を詫びると、クリスは自身の母の鬼のような形相を真似ながら、笑って流してくれた。

オシャレ好きの彼女は、モサモサのクリスを見るたびにムンクの叫びみたいな顔をしていた。あの頃から整った顔をしているなぁ、と思っていたけれど、まさかここまで変身するとは思わなかった。

私の体調を気にかけながら、クリスはこれまでの色んなことを話してくれた。

大学を出たあとは、しばらく自社の商品開発でヲタク魂を発揮したとか。経営に携わるようになり、機器に触れたり研究したりする時間がなくなって辛いんだとか。酔いが回っていたことも手伝って、長らく会っていなかったのが嘘のように、ゆったりとした時間が過ぎていく。

私のほうも、留学後の大学生活や、ここに就職してからのことを話したりして、今にも寝入りそうな意識を繋ぎ止めていられた。

「……みんな元気そうでよかった。なんだか、七年も経っているように感じないね。おじさんとおばさんも変わらずでなにより」

「もちろん！　この前スカイペでサクラのことを伝えたら、すっごく会いたがっていたよ。一緒に連れて帰ってこいって、言っていた」

仲睦まじい優しい夫妻を思い出し、自然と笑みが浮かぶ。

「ふふっ、ふたりにも会いたいな」

そう言って昔みたいに微笑みあった一瞬、クリスのグリーンアイがキラリと輝いたような気がした。それから、ひとり分空いていた場所に手をついて、間合いをぐいっとつめてきた。

「なら……行く？　僕と一緒に――カナダへ」

「え……？」

声のトーンを落として低く囁《ささや》く声。思わず、ビクリとした。

遊びに誘っているのかと思ったけれど、クリスの表情はやけに真剣だ。

「クリス……？」

彼は構わず続ける。

「仕事なら向こうで僕の秘書をやればいいし。父さんたちも、すごく喜ぶ。君がうちに来たあの二ヶ月間みたいに、ずっと僕の傍にいてくれたら……どんなに幸せだろうと、サクラが日本に帰ったあの日からずっと思っていたよ」

「突然……なに言っ、て……」

「突然じゃない」

クリスの手が私を遮《さえぎ》って、囲うようにベンチのひじかけを掴む。

「再会したばかりだけど、ずっと君に伝えられなくて後悔していたことだから」

じりじりと近づいてきて、狭いベンチの隅、大きな身体に囲われ身動きが取れない。

〝ずっと〟

これがただの観光のお誘いじゃないことくらい、アルコールに頭を侵されている私にもわかる。

はっきりとは口にしないけれど、熱の籠もった眼差しが情熱的に私を射貫いて、気のせいだなんて言い逃れることはできなかった。

友子が心配していた通りだ……

だけど、迷うことなんてない。

「クリス、ごめんなさい、私――」

きっぱり断って、首元のマリッジリングを服から引き出して見せようとする。

だが、チェーンに触れる前に、その手を取られてしまった。

「――悪いけど、返事はまだ聞かない。僕もいろいろあってね、すぐ諦める訳にはいかない。サクラに今、恋人はいないんだろう？　三ヶ月後、どうにか口説き落として一緒にカナダに帰るつもりでいるから」

――待って。なに言っているの……？

そして、一瞬の出来事だった。掴まれていた手が引き寄せられ、身体が投げ出されるようにクリスのほうへ傾く。

ちょ、ちょっと待ってえ……！

「――『恋人』ではなく夫なので、やめてもらえますか」

けれども、その瞬間……クリスの腕に倒れこむその瞬間。不機嫌さを凝縮したような声が近づき、後ろから腕が巻き付いて、ベンチから引き下ろされた。

――わっ……!?

バランスを崩した体を、さわやかなグリーンの香りが包みこみ、ダークスーツから伸びた腕がふわりと私を抱きとめる。

……半ば意識が朦朧《もうろう》としていたけれど……誰かなんて、声を聞いた時点でわかっていた。

「ち、あき、さん……？」

眼鏡の奥の怜悧《れいり》な瞳は、同じように「……チ、チアキい!?」と困惑気味に私たちを見つめるクリスをとらえていた。

咄嗟《とっさ》に名前で呼んでしまった。でもそんなこと気づかないくらいドキドキしていて、それと同じくらい私を抱き寄せる彼の胸からも、速い鼓動が伝わってくる。急いで来てくれたんだ。

「……ちょ、ちょっと待って、君たちって――」

驚いた一瞬、察したクリスは頭を抱えてサーッと青くなる。

「伝えるのが遅くなりましたが、彼女は……桜さんは……私の妻です」

「チアキの妻ぁ～……!?」

「なので、いくらクリスが私のボスでも、その要望を聞き入れることは……できない」

続く千秋さんの言葉にクリスがさらに目を剥く。

私も、呼吸が震えた。仕事に私情を交えることを嫌いそうな彼が、わざわざここで口にするとは思わなかった。

そして、とても静かで丁寧な言いかただけど、強く心に響いた。きっと、トラブルを避けるための言葉なのに胸が熱くなった。

クリスはしばし雷に打たれたように固まっていた。

「オ～……なるほどねぇ」

それから、頭を切り替えたのか、ほどなくしてカラリと笑いながらベンチから立ちあがる。

「ミスター・サカエが言っていたのは、そういうことか……。やっとわかったよ」

会長が……なに？　よくわからないことを言いながら、クリスはこちらに近づいてきた。

「そんな怖い顔しないで、チアキ。君たちが夫婦なのはわかった。邪魔はしない……君はとても厳しい男だが、この一週間で信頼できる人だとも理解したからね」

クリスは昔から人の本質を見抜くことに長けている人だ。まだ来日して日は浅いが、きちんと千秋さんの人柄を見抜いている。

「まぁ……もちろん、君たちに隙があるなら別だけどね」

クリスはそうジョーダンぽく肩をすくめたあと「騒がせてごめんね」と何事もなかったように微笑んで、もう一度私を見て謝ったあと、ラウンジへと戻っていった。

クリスが扉の奥に去った瞬間、一気に頭が重たくなってきた。

――っ……やばい。ホッとしたら、眠気が……

「――で、なんで、あなたはこんなところにひとりで来たんですか……」

眉間を摘むと同時に、トゲトゲした声色に刺された。

「会場付近とはいえ、危険でしょう」とさらに不穏な響きとともに身体がふわりと浮いて、ゆらゆらと揺れたあと、かたんと音を立ててどこかに落ち着く。たぶん千秋さんが私を抱いたままどこかに座ったんだろう。重たい瞼《まぶた》をこじ開けると、ものすっごい眉間にシワを寄せた不機嫌そうな千秋さんが私を見下ろしていた。

「……迎えに、来てくれたんですか？」

「フーズからの電話のあとラウンジに戻ったら、藤森さんから言付けがあったんです」

『お前の嫁、ガーデンスペースで酔いつぶれているから、ちゃんと持ち帰れよ〜！』

うっ……本物のお荷物になってしまって心苦しい……

どこかに電話をしたあと、優しく頭を撫でられ、ミネラルウォーターのボトルを差し出される。

でも……だめだ。今は飲めそうにない。グリーンの香りに頭を預け、小さく首を横に振る。

「……声をかけてくれればよかったものを」

頬にひんやりとした感触が触れる。大きくて優しくて、もぞもぞ頬や額の上で動く。

「ん……」

なにを言っているのかよくわからなかったが、とても気持ちいい。胸から響いてくる低い声にもうっとりして、瞼《まぶた》が落ちてくる。

「社内イベントとはいえ、こんな暗いところにひとりでいたら危険です。俺が来なかったらどうしていたんですか――」

なにやらお説教をされているのはわかったけれど、ちっとも内容が頭に入ってこなかった。彼は面倒見のいいところがあるし、きっと、心配してくれているんだよね？

「ちあき、さん……ありがと……？」

ふわふわしたまま、へらっと笑ってスーツの首元に緩く腕を巻きつける。すごく嬉しい……なにをどうあがいたって、私はやっぱり彼のことしか好きになれないと思う。悪魔なんて言われるけれど、本当は誰よりもあったかいんだ。

「……ほんとに」

耳元でかすかに息を呑む気配がした。

とたん、なんだかぎゅうっと身体が締め付けられて、苦しくなる。でもそれ以上に安心して、彼の香りを堪能しながら、身体が脱力していく。

「こっちの気も知らずに、いつもヘラヘラ笑って、人の心ばかり騒がせて……ほんと困った人」

髪に温もりが触れて、それがとっても気持ちいい。意識がどんどん遠のいていく。

クリスには悪いけれど、この関係がどんな結果に終わろうと、彼の手を取ったことを後悔することはないだろう。

千秋さんの気持ちが見えなくて不安だけれど、どんなことがあっても、私の気持ちはずっとずっとこの腕の中にあるから――

第七章　責任とって……

「すみません、港区の――――までお願いします……」

ほどなくしてタクシーが到着し、桜さんを連れて乗りこむ。

運転手は腕の中のピクリとも動かない彼女を見て一瞬顔をしかめたものの、しらふの俺を確認し、仕方ないと言わんばかりにタクシーを動かしてくれた。

まったく……。今日は酒に困らされることはないと安心していたのに――

『どうにか口説き落として一緒にカナダに帰るつもりでいるから――』

とんだ災難だったたな。俺は、どうもツイてないらしい。

あのあと、情報提供をしてくれた藤森さんと幹事に断り、好奇の視線を浴びながら彼女を抱いたままラウンジをあとにした。

念のため周囲を見回したが、クリスの姿はなかった。もちろん無粋なマネはせずにそのまま帰ってきた。明るく振舞っていたが……あれは本心ではないだろうから。

社内案内時から、警戒はしていたんだがな――

『――國井さんに恋人？』

『うん！　彼女、やっぱり僕が探していた人だったんだ！』

桜さんとの再会直後、クリスは自らの祖父の親友である鷲宮会長に、彼女の情報を求めた。

『ううむ、なるほど……恋人はいないが……それよりも手強いのがいるかもしれないな。だが……積年の思いくらい伝えたらいいんじゃないか？　歓迎会もあるのだから』

俺がチラリとそちらを気にしたとたん、鷲宮会長と目が合った。目の前にいた藤森さんに至っては、一瞬驚いたような顔をしたものの、まるで新しいオモチャを見つけたような顔で肩を小突いてきた。

会長も、藤森さんも、面白がっているな……

「うーん……んぅ」

俺の腕に頭を預け眠っていた桜さんが、腕に擦り寄るようにして身じろぐ。

無防備だな。こっちの気も知らずに。苦笑しながら頬に貼り付く乱れた髪を取り除いていると、力の抜けた白くて小さな左手が膝の上に見える。起こさないようにそっと手を握り、飾りけのないほっそりした薬指を優しくさする。

贈ったマリッジリングは、未だにつけてもらえない。

俺が気にする立場にないことはわかっているが、あんな嬉しそうな顔で「大事にする」と言ってくれたものだから……嵌めてないことに気づいたとき、咄嗟《とっさ》に引き止めてしまった。

ただの社交辞令だったんだろうか。そう実感すると、とてつもなく胸が苦しくなって……彼女が寝ているのをいいことに、ジャスミンのような甘い香りのする髪に頬を寄せる。

――わかっている……

「もう、言い逃れができなくなっている……」


――彼女が見合いの席に来た時点で、俺はすでに、偽装結婚の意を固めていた。

あんなふうにまっすぐに気持ちをぶつけられたのははじめてで、小動物のような外見とは裏腹に、真っ向からぶつかってくる彼女に興味が湧いて申しこんだ偽装結婚だった。だが。

『――仲良くなれるように、この偽装結婚を大いに利用したいと思います』

俺の後ろめたさを一蹴するように、想像もしていない熱量で向きあってきた彼女のひたむきさに、さらに心を鷲掴みにされた。

今まで見てきた女性たちとは、まるで違う。雪が溶けるように、凝り固まっていた心がほぐれていくような感覚を味わった。

そして、俺の部屋で偽装結婚の了承を得た数日後。都内のジュエリーブランドショップを訪れた。

謝意をこめて、彼女にマリッジリングを贈りたいと思った。

芯の強い彼女をイメージした、繊細でシンプルかつ愛らしいデザインを選んだが、店員に勧められるがまま自分のものまで注文したのは誤算だった。

提案したのは偽装だというのに。浮かれていたのかもしれない。しかし不思議と煩わしいとは思わず、顔を合わせるたび見返りなく俺を気づかう彼女を思い、自然と身体が動いていた。

――だが、その後舞いこんだクリスとの初顔合わせで、俺の心は掻き乱された。

彼は書面にあった旧姓で書かれた秘書名――サクラ・クニイの名前を見て大きく反応を示したの

だ。これには会長も驚いていた。

『彼女は、私の専属秘書だ。はじめての来日と聞いていたが……日本に知り合いがいたのかね？』

『……名前が似ているなと思って。もし本人なら……ずっと忘れられない、大切な女性なんだ』

そこに秘められている思いを、鋭敏な会長は悟ったのだろう。

彼女が短期留学でホームステイした件は、入社時の情報であらかじめ知っていた。また、クリスの父・レノックス社長が過去に、ホストファミリーに登録していたという情報も経済誌から得ていた。ふたりの接点は容易に考えられるものだった。

童話から出てきた王子のような風貌に、後継者という肩書き、そして愛嬌たっぷりの穏やかな人柄。クリスが本気で女性に迫れば、どうなるかなんてわかっていた。

――まあ、しょせん、偽装結婚だ……。彼女がクリスに惚れたのなら、そのときは途中で解消することになるのも仕方ない。

初顔合わせのさなか、そんなことを考えていたのだが……顔合わせ後、ジュエリーショップからの着信履歴に気づいた俺は、彼女を迎えにいくその足で店に向かっていた。週末の時間のあるときに取りに行こうと考えていたのに。どうしてなのか、クリスが本社に出勤する前に引き取っていた。

『……ありがとうございます、すごく嬉しいです』

指輪を見ながら心底嬉しそうに微笑む彼女は、もちろんそんなことなど知る由もなく。さきほどプラネタリウムで魅了された、純粋な輝きが重なった。

……心が、満たされていることに気づいた。

たまには、憎まれ口のひとつも叩けばいいのに。彼女は自分をかえりみず、ひたむきな思いをぶつけてくる。そのたびに、どうしようもなく胸が締め付けられて苦しくなる。

『――私も千秋さんのことを大事にしたいと思っています』

本当に、無自覚のテロリストだな。たまらず腕の中に引きよせて、小さくて柔らかい唇に自分のそれを押し付けた。

『……ちゃんと責任とってくださいね』

提案したのは『偽装結婚』で、その中で『桜さんを知りたい』ということ。なのに、早くも決着がついてしまった。なんの戦略もなしに、こんなにまっすぐ立ち向かってくる女性ははじめてで……突き動かされ、転がり落ちていく自分を止める術が見つからない。

この衝動は以前も感じたことがある。五年前、彼女を医務室へ連れていったときだ。

『――悪いけど、返事はまだ聞かない。――三ヶ月後、どうにか口説き落として一緒にカナダに帰るつもりでいるから――』

だから――彼女を心の底から、失いたくないと思った。

ほどなくしてタクシーが到着し、桜さんを抱いて降りる。

「着きましたよ」

自宅に入り、センサーライトで明るくなっていく部屋を移動しながら、腕の中の彼女に声をかけると、ううーん、と苦しそうに唸る。

今日こそ、渡した指輪をどうしているのか探るつもりだったが……仕方ない。こうなったら、このまま寝かせるしかないだろう。飲酒によるダメージは俺も知っている。

シングルベッドと小さなテーブル、衣装ケースのみの殺風景な部屋に入り、桃色のカバーのかかった彼女の香りのするベッドに近づく。脱力した小さな体を真ん中にそっと寝かせた。

「……ち、あき……さん？」

腕を抜くと、桜さんの潤んだ大きな目がうっすら開く。まだ酔って意識が混濁しているのだろう。瞳が子犬みたいにウルウルと無防備に輝いて……見つめられると悩ましい気分になってくる。

「気分は？」

「あつい……です」

平静を装い、ほんのり色づく頬に手のひらを当てた。顔はもちろん首のほうまで熱かった。

「水を持ってくるから、それを飲んでから休みましょう」

スーツの上着を脱いでサッと立ちあがろうとすると、離れかけたシャツの袖が遠慮がちに後ろから引かれた。

「……行っちゃうの……？」

弱々しい声で縋《すが》るように見つめられ、鼓動が大きく波打つ。

長い睫毛《まつげ》に縁取られた大きな潤んだ酔眼と上気した頬が俺に向けられている。ずくりと下半身に血液が集まりかけ、慌てて先を急いだ。

「すぐに戻るから、いい子にしていてください」

らしくないセリフを吐きながら頭を撫で、そそくさと部屋を出る。

……これはマズイ。酔っているとしても、あんな風に甘えられると、抑えがきかなくなりそうだ。

だがほうっておくわけにもいかない。

氷入りのグラスにミネラルウォーターを注いで、急いで彼女のもとに戻る。

「はい、どうぞ――」

「……ありがとうございま……ひゃっ」

しかし、へらりと微笑んだ桜さんの手にグラスが収まったのは一瞬で、ガシャン！　と、手から滑り落ちる。よりによってキャッチしようとした俺の手に当たって、彼女の洋服や座っていたベッドを氷水でぐっしょり濡らしてしまった。

「すみません……！」

反射的に彼女の透けた服にシーツを押し付け、グラスを拾おうとしたとき、彼女が動き出した。

「……つめたい」

「えっ、ちょ……」

ギョッとした。声をかけてからツーテンポ遅れて反応した桜さんが、躊躇《ちゅうちょ》なく動き出した。というか、俺が隣にいることすら認識していないのだろう。濡れたカットソーを鬱陶《うっとう》しそうに腹からたくしあげ、頭からスポンと脱ぎ落とした。

――ちょっと、待て……！

水色の下着を纏った白の裸体が現れると同時に、席を立とうとした俺の顔にびしゃん、と重たい服が降ってきた。それを顔面から剥がしたところで、今度はスーツのズボンに手をかけ、さらなる脱皮を続けようとする彼女が濡れたレンズの向こうにいた。俺はひとまず近くにあったシーツで包んで押し留めた。

「──待って……」

「へ……？」

目が完全に据わっていて、正気でないのはわかっている。だとしても、俺はそんな辛抱強い男じゃない。

「脱ぐのは、俺が出てからにして……着替えが終わったら俺の部屋に来てください。今夜は俺のベッドを貸しますから──」

冷静を装って言い聞かせているうちに、てるてる坊主状態の彼女の胸元で、見覚えのあるものがキラリと輝いた。言葉が止まる。

──これっ……

口にする前に、おそるおそる手で触れていた。チェーンの中央で控えめに光る、金属がウェーブする繊細でシンプルかつ女性らしいこのデザインは、紛れもなく俺が彼女の小さな手に映えると思って選んだものだった。

「なぜ……マリッジリングが、ここに……」

ここのところ俺を悩ませていたものが突然登場して、息を呑む。

シーツの中でウトウトしかけていた桜さんは、俺の声を聴いてゆっくりと視線を移動させると、

「あっ」とかすかに表情を変え、俺の手の上から指輪に触れた。

「――指につけようとしたら、緩くて……ここに通していたんです」

そう言ってヘニャンと笑った。そのまま、調整したいからショップがどうとか、ひとりで行けるからとか、酔っぱらい特有の回りくどい口ぶりで俺を気づかいながら一生懸命話していたのだが。

「……緩い？」

俺にはそこしか耳に入ってこなかった。

「あのとき、浮腫《むく》んでいたみたいで……だから、なくしたら嫌だから、ずっと下げていて……言わなきゃって思っていたんですが、なかなか言えなくて」

途切れ途切れの小さな声を聴きながら、ずっと胸の中で燻《くすぶ》っていた大きなわだかまりが、すーっと洗い流されていくのがわかった。

きちんと採寸したわけではないから、サイズにズレがあるのは当たり前のこと。いつもの俺なら、わかりそうなことなのに……。そんなことにも気づけないとは。

「そう、でしたか……。俺はてっきり……」

これまでの自分の勘違いが恥ずかしくなって、また、色んな思いが溢れてきて、言葉に詰まる。

「てっきり……？」

たまらない気持ちになった俺は、両手を伸ばし、桜さんの小さな身体をシーツごとぎゅっと抱き寄せた。悪夢から目覚めたように安堵しているのに、どうしてだろう。しばらくの間、腕を解くことができなかった。

「ち、あき、さん……？」

なかなか答えない俺を心配したのか、それとも息苦しいのか、もぞもぞシーツが動いて、桜さんがとろんとした双眸《そうぼう》で俺を見あげる。

「もっと、早く、言ってください……」

「え……？　すみません」

「いや、怒っているわけではなくて――」

そうだな、彼女はそういう人だ。きっと人のことばかり気にかけ、日々報告のタイミングを窺っていたのだろう。むしろ俺が、怖がらずに声をかけるべきだったのだ。

腕を緩め、心配そうな大きな瞳を見つめていると、胸の奥にこみあげる思いが口からこぼれた。

「……前にも言ったように、俺は桜さんのことを知りたいと思っています。申しこんだのは偽装のはずなのに、前よりも強くそう思っていて……自分でも驚くくらいあなたのことを考えている……」

そして心を占める割合がどんどん変化していった。自分でも、驚くほど目まぐるしく。燻《くすぶ》っていたかのように性急に。

「だから今回は……俺が気を揉んでいたというか……なんで指輪をしてもらえないんだろうって、ずっと気になっていたというか――」

とはいえ、俺はなにを言おうとしているんだ。そう思いながらも、もうこのモヤモヤを胸の内に留めておくことはできなかった。

「……クリスに、あなたが奪われるかと、思、った――」

ついにそうこぼすと、瞬時に桜さんの潤んだ目が大きく見開き、我に返ったように「えっ」と呟く。――今ならわかる。俺は、指輪でクリスを牽制しようとしていた。

しかし、自分でもなにを言ったかわかっておらず、俺は彼女の言葉を聞いて我に返った。

「千秋さん、なんだかそれって……私に、気がある……みたいに……」

カーッと顔が熱くなる。感情任せで自覚がなかった。彼女の言う通りだ。俺は告白まがいなことを口走った……よな？　こんなことははじめてだ。

「え……顔があか――」

「――ち、ちが……」

手の甲で顔を隠しそむけた。情けなさすぎるし、余裕がなさすぎるだろう。この関係を提案したのは俺だというのに。それも、彼女は酔っていて正気ではないというのに。

もう少し考えをまとめてから、伝えるべきだ。

「……大丈夫ですよ。千秋さんの考えているようなことにはなりません」

言葉を詰まらせていると、彼女は察したようにきっぱり言い放つ。視線を合わせると、桜さんはさっきまでと違い、意識がはっきりしたように穏やかに微笑んでいた。

「偽装結婚するって決めたときに言いました。私は、この期間をとても大事にするって決めているって」

『レセプションまでの約四ヶ月間、後悔しないように過ごしたいんです』

それは忘れることができない、偽装結婚を提案した日の、まっすぐな口説き文句だ。

「クリスの気持ちはとても嬉しかったです……。でも私の気持ちは決まっているので、迷うことはないんです。期間が終わって離婚届を突きつけられない限り、しつこく……千秋さんの隣にいさせてもらいたいと思っていますよ」

この人は……。緩やかでまっすぐな言葉から。意志の強い視線から。意識を逸らすことができなかった。心の内を知られたと羞恥する一方で、心が満たされていくのがわかった。

「千秋さんが、私が求めるような意味で言ってくれたのかはわかりませんが……、たとえそうじゃなくても、思いは変わりません、だから――」

滑らかな髪に手を差し入れ、コツンと額を合わせる。

「もうあなたは……なんでそう、こちらが困るくらい……いつも素直な言葉をくれるのかな」

熱いものがこみあげてきて……胸が詰まるような泣きたくなるような不思議な気持ちになった。可愛らしい童顔が、涙を滲《にじ》ませながら俺を見つめる。本当に俺の情けない告白のせいで、完全に酔いは覚めたらしい。でも、もう、このままでは嫌なのは俺のほうだ。

「〝そういう意味〟だから、参っているんですよ……。そうじゃなさゃ、こんな情けないことを思うわけがないでしょう」

「……千秋さん、私、酔い覚めていますからね……？　真に受けますよ……？」

「真に受けてくださいよ……俺はもう、あなたにどうしようもなく惹かれているんです。偽装結婚なんて言った俺が、こんなことを言うのは許されないかもしれませんが……こっちが恥ずかしくなるくらい素直でまっすぐなあなたに、惹かれて仕方ないんです」

彼女の潤んだ瞳から雫がこぼれ、唇で目じりを拭った。

「こんなに人の心に入りこんできて――責任とって、桜さん……」

ちょっとだけ恨めしい思いで頭を引き寄せ、震える唇を噛みつくようにして奪った。かすかにアルコールの香る口内に舌を挿しいれ、夢中になって深く掻き混ぜる。

今まで繋がっていた細い細い理性の糸が、プツリと音を立てて切れた――

控え目なのにたまに大胆。まるでそれが、計算し尽されたもののように、俺の心を搔っ攫っていく。彼女はどこまで人の心を占拠すれば気が済むんだ。

◇

……心が、震えて仕方なかった。

『どうしようもなく惹かれている』

いつも冷静な千秋さんが、指輪のことで不安になったり、クリスとのことに焦燥感を覚えてくれていて……そして。

私のことを好き……？　これは、夢だろうか……？

感動の波に浸るうちに、いつしか混濁した意識はスッキリと晴れていた。

彼が告げてくれた言葉ぜんぶが今まで妄想してきたどの言葉よりも甘くて、現実味がなくて、信じられなかった。

五年間、芽吹くわけがないと諦めていた種が、一気に花開いたような幸福感で涙がこぼれた。熱い舌に舌を絡めてキスに応えた。

シーツに包まったままふわりと抱きあげられた。部屋を移動し、彼のベッドに組み敷かれ、もう一度深くキスをされた。

「んっ……ちあきさん……？」

「――抑えられない。……あなたに無理をさせたくないのに、体が言うことを聞きそうにない」

千秋さんは困ったように呟き、私をシーツの上から優しく抱きしめた。鼓動が重なり、腰に熱くて硬い彼の昂ぶりを感じた。息が震える。

私を求めてくれている。

背中に腕を回し、そっと力を込めた。

「言うこと聞かなくていいです……酔いなんて覚めているし、私も、千秋さんに触れたい……です」

おずおず視線を絡めると、眼鏡を外した千秋さんが困ったように微笑んだ。

「そんなこと言って、明日後悔しても知らないですよ」

「しません……ちゃんと現実だってわかるように、千秋さんの気持ちを教えて」

キスを強請《ねだ》ると、そのあとはもう言葉なんていらなかった。

シーツを引き剥がし、千秋さんがシャツを床へ脱ぎ落とす。

背中に回りこんだ手にブラのホックを外され、降りてきた手に足からショーツを引き下ろされた。性急なのにとても丁寧で、大事に触れられているのが伝わってきた。

「綺麗だな……」

千秋さんは生まれたままの姿になった私を愛おしげに見つめるけれども、私は彼の細身なのにほどよく筋肉の乗った美しい裸体に釘付けだった。

私をすっぽり覆ってしまう胸板と、引き締まったお腹。まだスラックスを纏う下半身は、窮屈そうに雄芯が張りあげていた。うっとりと吐息がこぼれる。

普段デスクワークの彼から、こんなの想像したことがなかった。

「千秋さんのほうが、綺麗……」

「そんなわけがないでしょう」

千秋さんは私の両手を取り、指を絡ませベッドに縫い付ける。

「大事に触れたいのに、それが難しいくらい興奮している」

そのままキスで吐息が絡み、小ぶりな私の胸が揉みしだかれる。円を描くようにゆっくり触れたり、先端を押しつぶしては強弱をつけて転がしたりした。

「ふあっ……ん、あ……」

いつも感情を乱さない彼の甘美な言葉に、眩暈《めまい》がしそうなほど昂った。

胸への愛撫だけで、とろりと体の奥から蜜がこぼれるのを感じる。

受け止めながらも、濡れた感触が恥ずかしくて、無意識に太腿にギュッと力を入れてしまう。

千秋さんはそんな私の淫らな反応に気をよくしたように、目じりを落とし、先端をぺろりと舐めあげた。

「あんっ……」

ツンとした甘い感覚が先端に走り、プクッと硬度が増す。何度か見せつけるように舐めあげられたあと、熱い口の中に含まれ吸いあげられた。

「ひぁ……あぁっ――んぅ、あっ……」

待ちわびた感覚に、脳が蕩《とろ》けて背中が浮きあがる。

強弱をつけて吸いあげられ、口の中で先端を刺激される。

一度唇が離れほっと息をつくと、今度は反対側に移動し同じように。終わりかと思うとまた移動して何度も入念に愛でられる。その間も空いた胸が指先で弄《もてあそ》ばれ、なかなか五感に休む暇を与えられなかった。

淫らなリップ音を聞きながら、触れられてもいない体の奥がさらに潤むのを感じていた。

「腰、動いている……」

千秋さんの手のひらが、お尻を撫でて指摘する。またピクリと跳ねた。

「んっ、だって……」

「こっちも、触ってほしい……？」

指が、敏感な蜜口に触れた。くちゅくちゅと音を立て、蜜をなじませるように入り口を上下に擦りあげる。こんなに濡れているのが恥ずかしいのに、気持ちよすぎて素直に口にしてしまう。

「あっ……ん、あぁ、さわって、ほしい――」

「可愛い……」

うっとり呟くと、千秋さんはなぜだか上体を起こし私の太腿を掴んで左右に割り開いた。恥ずかしくて足を閉じようと抵抗するが、瞬く間に千秋さんはその間に体を押し入れた。それから無言で私の太腿を抱え、くるんと持ちあげた。

「なんで、こんな、かっこう――」

嫌な予感が頭をよぎった。その直後、千秋さんが、フッ……と微笑みながら太腿に顔を寄せ、ペロリと舐めあげた。

「ひゃん！」と腰を弾ませこのあと彼がなにをしようとしているのか察した。

「な、舐めちゃ、だめぇ……」

シャワーを浴びていない。一日仕事で動き回った体なのに……！

「『さわってほしい』と言ったのは、あなたでしょう。たくさん可愛がってあげる……」

だけど、千秋さんは意地悪なセリフで私を説き伏せ、唇を進める。

太腿からどんどんあがって内側へ、舐めたり啄《ついば》んだりしながら。私が物欲しげに腰を揺らす姿を満足げに見つめながら移動する。

そうして敏感な恥骨のラインに到達する頃には、こぼれた蜜が臀部のほうまでぐっしょり濡らしているのがわかった。

「桜さんは、体も素直で可愛いですね」

淫らな反応を指摘され、羞恥に震える。そこに、さらなる恥ずかしさが襲いかかる。

吐息が足の間に触れ、はっと我に返った。

「やっ、待って……だめぇ――ひゃあんっ！」

けれどもやっぱり聞く耳持たず。千秋さんが顔を近づけ、愛液まみれの恥ずかしいソコをぺろりと舐めあげる。上から下にすくいあげるように、ぴちゃぴちゃと猫が水を飲むように。

「ひっ……あぁ、はぁっ」

甘美な電流が全身を走り、大きく腰が弾む。熱い舌は上下に行き来したあと、閉じた陰唇を開くようにナカに差しこみぐるりと刺激する。

舌を伸ばし見せつけるように、こぼれた愛液をすすりながら舐めあげた。

「どんどんこぼれてくる……気持ちいい？」

「んぅ……だめって、言ってる、のにぃ……」

こんなの想定外だった。いつも冷静で理性の塊だと思っていた彼が、私の恥ずかしいところを興奮しながら執拗《しつよう》に舐めあげている。死ぬほど恥ずかしいのに淫らで目が離せない。身悶《みもだ》えしながらクラクラする。

「やっぱり、駆け引き知らずなのは、体も同じですね」

「――ひあっ！」

蜜道を抜き差ししていた舌が、その上の花芽をツンとつついた。そのまま唇に含まれて、コロコロと舐め転がされた。

「ひゃあっ、あぁっ！　そこは……っ」

優しく舌で舐められているだけなのに、全身に電流を流されたような強い快感が行き渡る。

セックスの経験ははじめてではない。大学時代少しだけお付き合いした先輩と一通りのことは済ませている。なのに、こんなに気持ちいいのも深く愛されるのもはじめてで、どうしたらいいのかわからない。千秋さんの髪を掴みながら腰をよじる。

「俺を誘惑した罪……ちゃんと償ってくださいね――」

直後、ちゅうっと花芽を強く吸われ、ひと際大きな愉悦の波に襲われた。

「あぁぁぁ……っ！」

頭の中が真っ白に染まり、瞼《まぶた》の裏でパン！　と花火が上がる。

全身から力が抜けて、手がパタンとベッドに落ちた。呼吸を整えていると、すぐに小動物を抱きあげるように千秋さんの膝の上に乗せられた。

「その顔、たまらない」

獰猛《どうもう》な肉食獣のような眼差しが私をとらえる。濡れた瞳が綺麗だな……とぼんやり見入っていると、先ほどの激しさが嘘のような労わりのキスが降ってきた。

「んん……はぁ、ふ――」

抱きしめられて、荒ぶった呼吸を熱い舌が搦めとる。触れ合う素肌が心地よく、たちまちたった今極めた体が熱くなっていく。

まだ本当の意味で満たされていないと、体中が叫んでいるようだった。

「ちあきさん……」

たっぷりのキスで余韻が収まったあと、まだ疼《うず》いて仕方ない体を彼に擦りつけた。

はしたないと思うのに、もう我慢なんてできなかった。千秋さんが欲しい……ひとつになりたい……腰が揺れる。

陰部に彼の硬い昂ぶりを感じ吐息を震わせていると、切羽詰まった声とともに再びベッドに横たえられた。

「あなたは、どこまで煽れば気が済むんだ……」

カチャカチャとベルトを緩めながら、千秋さんが足の間に体を押し入れてくる。

スラックスを寛げボクサーパンツを下げると、ずるんっと反り返った陰茎が飛び出てきた。

先端から蜜をこぼし脈打つ雄芯は、私が知る以上に大きくて長い。身に余る大きさに震えながらも、私の熱いソコからとろとろ熱が溶けだすのを感じた。

「……足を閉じて――」

だけど、期待とは裏腹。千秋さんは私の太腿を閉じたまま引き寄せると、その間に雄芯を挟んだ。

「ふあっ……!?」

敏感な場所が擦れ合うようにして、ぐちゅぐちゅと前後に動きはじめる。

硬い熱棒が熱くなった割れ目に擦り付けられ、甘美な快楽に眩暈《めまい》がする一方で、一気に疑問が湧いた。

「な、なんで……っ」

千秋さんが腰を動かし、吐息混じりに答えた。

「……今日は、準備していない」

卑猥な音を耳にしながら、察した。

当然私も準備していなかった。というか、お互いこんなことになるとは予想外だった。

「それに、今日は俺が突っ走って完全に無理をさせている……酔っているときになし崩しに抱くのではなく、あなたを大事にしたい」

堪えるようにギュッと抱きしめられ、心がじわりと熱くなった。

すでに籍が入っていて、このまま体を重ねても、ましてや子供ができても誰も咎めないのに……絡まる眼差しと触れ合う体を通して千秋さんの誠実な思いが伝わってきた。

それはほかでもない、私を大切に思う気持ちだ。

どうしようもなく疼《うず》いて……どうしようもなく、彼にまた恋をした。

「ありがとう、千秋さん……なら、このまま私で、気持ちよくなって……？」

「……これ以上煽るな」

かすかに笑って唇を合わせたあと、太腿を抱えまた上下に揺すられた。

密度の高い音をたてながら、敏感なところが生身のまま擦れ合う。摩擦するたびに熱棒と蜜が絡み敏感な花芽が刺激された。

「あっ……はぁ……、ちあき、さっ……」

穏やかな動きなのに気持ちよくて……高みに押しあげられるような快感が生まれる。もっと千秋さんを感じたくて、彼の腕に手を重ね自ら腰を揺らしてしまう。

「……押し付けるくらい、気持ちいいんですか？」

興奮した声で尋ねられ、さらに気持ちが高ぶった。

「きもち、いい……すごく……——あぁっ、あっ！」

素直に答えたとたん、熱棒の動きが激しくなる。

強く腰を引き寄せられ、こぼれた蜜を潤滑剤代わりにしてぐちゅぐちゅ激しく擦りあげる。

花芽が硬い先端で押しつぶされ、下肢がガクガク震えた。

「ぁ、っ、はげし……っ」

電流が流れこむような鋭利な刺激が全身を駆け巡った。

大きな屹立が蜜を纏いながら私の敏感なところを刺激しているのが見える。

挿入よりも淫らに見えて、視覚からも煽られた。

「さくら……っ」

余裕のない声で呼ばれ、大きな体を屈めた千秋さんが、頭を引き寄せてくる。

荒らぶった呼吸を交換しながら、舌を絡めて吸って甘噛みされる。

素肌が溶け合うように触れ合い、私は幸福に浸りながらお腹の奥がひと際大きく鼓動するのを感じた。

「んっ、んん——……っ！」

嬌声をキスで塞《ふさ》がれ、大きな絶頂の波にギュッと下肢が窄《すぼ》まった。

千秋さんはそれに触発されたように息を詰めると、何度か腰を揺すったあと、お腹の上で白濁を吐き出した。

「――……っ」

キスをしながら意識が遠のく。力強い腕に抱き止められるのを感じながら、夢の世界へ落ちていった。

「起きました……？」

――どれくらい時間が経過したのだろう。目を開けると暗い寝室のベッドの真ん中。サイドボードの淡い間接照明に照らされた素顔の彼が、私を窺っていた。

「ちあき、さん……？」

一瞬驚いたものの、体に緩く巻きつくたくましい腕を感じて、さっきまでの記憶が蘇《よみがえ》る。

部屋の壁かけ時計を見ると、三十分ほど経っていた。

「体は？」

「大丈夫です……すみません、私、寝ちゃったんですね――」

いつの間にか紳士ものの大きなTシャツを着せられていた。

彼はルームウェアに着替えている。私が眠ったあと体を清めてくれて、着替えたのだろう。

お礼を言うと、千秋さんは髪を撫で首を横に振った。

「謝るのは俺でしょう……酒をのんでダウンしていたのに、無理をさせた」

改めて口にされると恥ずかしいけれど、それ以上に心の底から充実感が湧いてくる。

好きな人と思いが通じて、好きな人から求められた。これほど幸せなことはない。

素直な気持ちを伝えると、千秋さんは嬉しそうに口角を上げて私の唇に小さなキスをしてくれた。

「――指輪、調整しに行きませんか？」

そして、ふいに、チェーンにぶら下がった指輪に手を伸ばしながら、提案してきた。

「え……？」

期待を込めて見つめると、千秋さんが目じりを落とし、続ける。

「早いうちに直してもらったほうがいいでしょう……？　次に休みの重なった日に、一緒に、リサイズしに行きましょう」

こんなに幸せでいいのだろうか？　休日にふたりで出かける、つまりそれって――

「で、デート、ですか……？」

がばっと上体を起こし、覗きこむ。

まさか彼のほうから、ふたりで出かける提案をしてくれる日が来るとは思わなかった。

勢いに驚いたのか、千秋さんの切れ長の目がまん丸くなる。でも、それから数秒の間を経てうんと優しく目じりを落とし、クスッと微笑んでくれた。

「ふふっ、デートか……。そうですね。そのあとどこかへ出かけるのもいいですね。でもまずは、きちんと指に嵌められるように調整してもらわないと、俺の気が休まらない」

大きな手でポンポンと頭を撫でられ、心臓が苦しいくらいの幸せに身悶《みもだ》えする。

正直、どうして千秋さんの気が休まらないのかはわからないけれど。

「もらった指輪をつけたいし、行きたいです……！　デート……すごく行きたいです！」

「……あなたをもてなすプランを、考えておきましょう」

眼差しから、触れる手から、伝わってくる。まだ信じられないけれど、千秋さんが私を大事に思ってくれているって。その笑みを見ながら、陽だまりのような温かさが心に満ちていくのを感じた。

第八章　触れられるのは、俺だけ

だけど、それから二週間が経ち八月が終わりに近づく。

約束のデートは、まだ実現できていなかった。

グローバル企業である我が社にはお盆休みが存在しない。むしろ今年は、千秋さんはクリスのサポートや同行に、私はレセプションパーティーの準備が加わり、例年よりも忙しさを極めている。

おかげで休暇予定が合わないどころか、顔すらあまり合わせられない。

あの夜両想いになれたのは、もしかしたら私得意の妄想だったかもしれない……

事が動いたのは、そう思いはじめたある日のことだった。


「桜～、藤森さんから内線。今すぐ下のグローバルルームに来いって」

秘書室でレセプションパーティーの準備を進めていたとき、内線を受けた友子が私を呼んだ。

午後から役員会議の今日は、留守組の秘書たちと集まって招待状の確認作業をしていた。

大まかなことは委託企業の担当だが、最終チェックは自分たちで行わなければならない。

……いったい、なんの用だろう？

今日の役員会議では、重要な事業関連の取り決めを行うと聞いている。

例のベンチャー企業を事業へ引きこむための戦略を練っているはずだ。

到着すると、真ん中の楕円形のテーブルで、今回の事業で大きく関わる、社長、坪井さん、クリス、千秋さん、佐藤室長、そして私を待っていたと見える藤森さんが額を突き合わせているのが見えた。

グローバルルームは、各席にマイクがあり、ＡＶ機器の音声操作、また遠隔コントロールなどの最新機能が搭載されている、世界各地にあるうちの支社やグループ企業との連携の場だ。

ちなみに所用で出勤していない会長は、今日はリモートでの参加だったはず。

そうそうたるメンバーが私になんの用……？

なんてヒヤヒヤしていたものの、そこで言い渡されたのは思いもよらないことだった――

「……え、私が、レセプションパーティーの、料理メニューの担当に？」

席に促されたとたん、対面に座った肇社長の説明に目を瞬かせた。

「――ああ。國井さんに、今度のレセプションパーティーの料理の手配をお願いしたいんだ」

思わぬ依頼に、なかなか声が出なかった。

創業百五十周年のレセプションパーティーには、グループのいろいろな国の要人をはじめ、政治家や著名人、豪華な顔ぶれが入れ替わり立ち代わり訪れる予定だ。

そこで発表される経営戦略や事業内容はもちろん、料理や装飾で世界的な宣伝効果を得られると言われている。

そんな一大イベントなのでいくつかの部門に専任を置き、入念な準備を進めていくことが会議で取り決まったらしい。

だが――私が抜擢された理由は、それだけではないらしい。

「〝グレン・ハリソン〟――サクラも、メディアとかで聞いたことのある名前だと思うんだけど……今回招待している彼は曲者でね……料理に関しては少しひねりが必要だと思っている」

英語で詳細を話してくれたのは、あの告白からちっとも変わらない穏やかな笑みを浮かべるクリスだった。

例のベンチャー企業・ノイズの社長――グレン氏は、クリスと学生時代からの友人だ。

今回のレセプションパーティーは信頼関係を築くために、パーティーに興味を示した彼も招待することになったのだという。

しかし、そのグレン氏……とても厄介な人物だったりする。

彼は、海外で多数のベンチャー企業を起ちあげた経済界の革命児と言われるフランス育ちの若き実業家。しかし、食にうるさくＳＮＳなどで人気料理店を容赦なく酷評する、異端のグルメブロガーという一面もある。

料理が気に入らないからと取引を断り席を立った、という話は有名だ。

でも、ビジネスの腕は天才的で、世界中からオファーがやまないという。

うちの会社も今後事業で関わるので情報は得ていたが、まさか自分がその担当に抜擢されるとは思わなかった。

わざわざクリスを介し事業参入を持ちかける理由は、こういった事情があったからだそうだ。

「会食を避けることは可能だが、いくらなんでもパーティーでの飲食は避けられないだろう……クリスという切り札がいても、グレン氏を満足させなければ、今後話し合いに応じてもらえない可能性もある。――そこで、國井さんにお願いしたいと思っているんだ」

クリスの説明後、社長が補足してくれた。だが、大事なことを説明されていないような？

「……光栄ですが、私が選ばれた理由を伺ってもよろしいでしょうか？」

そう、レセプションパーティーの主催者は、現在経営を委《ゆだ》ねられている肇社長だ。それなのに優秀な社長秘書ふたりを差し置いて、自分が大役に抜擢される理由がわからなかった。

「会長と藤森さんの推薦です。國井さんが担当する接待は非常に先方の満足度が高いと報告を受けています」

答えてくれたのは、その隣の千秋さんだった。

えっ……と、びっくりして反対隣の藤森さんを見ると、藤森さんは待っていましたと言わんばかりに笑って頷く。

「会長がこの前、天空劇場で言ってただろう？　國井は『情報から人をもてなすプランを生み出すのがうまい』って。俺も同席することが多いが、念入りな下調べをする國井の接待は、先方の満足度が非常に高い。リサーチを重ね、相手に寄り添ったもてなしができるのは國井の強みだ。だから今回この窮地に会長と俺で推させてもらった」

……会長が言ってくれたのは、そういうことだったんだ。心の底から信頼してくださったその言葉に感動し声が詰まった。

「それに、勝手で悪いが、ここにいる面々にあの秘蔵ファイルを見せたら、全員納得してくれたぞ」

——み、見せたの⁉

声を出せなくなるほど驚いている。藤森さんがニヤリとする。秘蔵ファイルを見られたのは恥ずかしいけれど、皆さんの力になれているのなら、とても嬉しい。

——でも、そんな大役、大丈夫かな……？

そのままゆっくり目線を移動させると、千秋さんが静かにこちらを見ていた。この前の情熱的な眼差しが嘘のようにとても静かで、頼れる上司の顔をしていた。

「まったく心配がないと言えば嘘になりますが……そのファイルや、今までの仕事ぶりを見てきて、私もこの件に関しては、丁寧な仕事をする國井さんが適任だと思います」

憧れ続けてきた、大好きな人から夢みたいな言葉をもらって、胸の中が燃えるように熱くなった。

「しかし、厳しいことを言わせてもらうと……メニューはパーティーの要となる大切な部分です。私も相談に乗りますが、自信がないのであれば辞退してもらいたい。失敗したらどうなるのか……あなたもわかるはずです」

——失敗は許されない。それはそうだ。鷲宮《う》グループ《ち》はグレン氏との事業取引を、強く希望している。

みんな即座に「厳しい」だの「言いすぎ」だの言ってくれたが、千秋さんの言葉はもっともだと思った。

不安がないわけじゃない。でも、それを上回る勢いで、私の中ではやる気の炎がメラメラと燃えあがっていた。

「私、まだまだ未熟で、ご迷惑をかけるかもしれませんが……やりたいです。やらせてください」

——そうして、翌日から私は動き出した。

相手を喜ばせるおもてなしをするには、相手を知らなくてはならない。

基本的な情報収集からだと思った。

だからいつものように、手はじめに彼の秘書から食物アレルギーと嗜好を教えてもらおうと思った。一番近い人ならもっともいい情報が得られるからだ。そこから、全体のバランスを見てパーティー料理をピックアップしたらいいのでは——と考え動きはじめた。

しかし、そう簡単なものではなかった。

『お気づかいありがとう、楽しみにしている』

バイタリティーとカリスマ性を兼ね備えたグレン氏は、鬱陶《うっとう》しがって秘書をつけていないらしい。フランス語で書かれた簡素なメールとともに計画は呆気なく終了した。

その後は経済誌やメディアからの情報を得て、グレン氏の出身地や、会話などから嗜好を割り出そうとした。

――だけど。

『この店が三ツ星なんて嘘だろう』

『外国人が和食を好きという安易な考えは間違い。ここのものを食べるくらいならジャンクフードのほうがまし』

『パッとしない味に、見栄えの悪い料理。パーティーのレベルには企業のレベルが出る』

そこでプロフィールよりも先に出てきたのは、グルメブログやSNSでの料理に関する酷評の数々。求めていた情報は一切現れず、調査をはじめて二週間経ってもため息しか出なかった。

「思った以上に手ごわい……なんでSNSは更新しまくっているのに、使える情報がないかなぁ」

早めに仕事の終わった、この日の夜。パジャマ姿の私は訳したフランス語を前に大きなため息をついた。とにかく情報が少なすぎる。

公開されているプロフィールからわかるのは、〝欧州〟というざっくりした出身地域のみだった。国や地域によって食文化は大きく違うから、そこだけでもわかればと思ったのに。

人並み以下の経験の癖に、どうして安請け合いしてしまったのだろうか……。

「難航しているようですね」

不安を感じていると、ついさっき帰宅した千秋さんがお風呂から上がり、パジャマ姿でリビングに顔を出した。

胸がきゅんと鳴る。額を滑る艶のある黒髪に、少しだけ上気した端整なお顔。

あの日見てしまったから、ルームウェアの下に美しい体躯《たいく》が隠れていることも記憶に焼き付いている。

「おかえりなさい」

ここのところ千秋さんはクリスの国内支社への出張や会食などが続いていて、こんな早い時間に家で顔を合わせるのは久しぶりだった。思えば……歓迎会の頃以来かもしれない。

久しぶりに意識する一方で、思い切り大きなため息をついたところを見られて、少しだけ気まずい。

グレン氏の件に関しては、抜擢されてから二週間、周囲に不安を与えないよう、悩む素振りを見せずに情報収集に取り組んできた。けれど、ここのところ手の打ちようがなくなってきて追いこまれていたらしい。盛大なため息とともに愚痴《ぐち》を吐いてしまった。

千秋さんは、なにも言わずにコーヒーを淹れてくれて、膝を抱える私の前に置いてくれた。そのまま後ろのソファーに腰かける。

どことなく私の返事を待つような空気に促されて、同じボディーソープの香りを感じながら少しだけ弱音を口にした。

「……まずはいつものやりかたで、と思って見てみたんですが、やっぱりとても気難しいかたみたいで」

お礼を言ってカップを口に運びながら、ぽつりと打ち明ける。

すると、千秋さんは意外にも「まあ、そうでしょうね」と頷いた。

「名店への非難も多く、これまで彼が評価した料理はいくつかあるものの、その店舗や料理に一貫性は見えない。相手側の力量を試しているようにも見えます。なので、通常のエグゼクティブ仕様のもてなしでまず受け入れてもらえないだろうということになり、今回パーティー料理の専任を決めることになったんです」

彼の横顔を見ながら目を見開く。

「そんな意見があったんですね」

千秋さんは頷いて、また続ける。

「なので今回は、入念に下調べをしなければならないでしょう……——とはいえ、喋れる言語同様、秘書にも得意不得意がありますから。さっき言ったように、何度か会議で議論し、あなたに任せることが決まったのです」

得意不得意——

『今までの仕事ぶりを見てきて——國井さんが適任だと思います』

グローバルルームで後押ししてくれた千秋さんの声が蘇《よみがえ》る。

「……私のこと、認めてくださって、ありがとうございました」

気持ちが溢れて謝意を伝えると、千秋さんはほんのり目を見開いて、カップを静かにテーブルに戻した。そして、そっと私を覗きこんだ。

「別に、思っていることを言ったまでですが……」

カップを置いたその手で、静かに私の頭に触れる。

「まだ自信なさげな顔つきですね……？」

やだ……そんな顔をしているの？

「そんなことは……っ」

咄嗟《とっさ》に否定したが、千秋さんの言葉が続く。

「おおかた必要のない情報を見て不安になったんでしょう？　でも、振り回されるのはよくありません。聞き入れる柔軟性も大切ですが、いつものようにすればいいんです。日々の積み重ねが、あなたの評価を高めたのですから」

千秋さんは、背後から私を囲うようにパソコンに手を伸ばし、漁っていたSNSやブログを確認しながら呟く。

「振り回されないで……いつものように……」

近づいた距離にドキッとする間もなく、彼の放った温かな言葉で頭がいっぱいになる。

「一流のエグゼクティブ秘書とは、用途に応じた料理や店を熟知しているのはもちろん、集めた情報をどう整理し生かすかなのです。難易度の高い依頼はおもてなしの心が試される秘書の見せ場だと、俺は思ってます……。――俺は、あなたなら、グレン氏はもちろん、会場中の招待客を魅了することができると思ったから、今回推したんですが？」

セルフレームの奥で煌めく瞳がもう一度私を覗きこみ、不安に揺れていた私の心を包みこんでくれた。

――千秋さん……

ふるりと心が震えるのがわかる。

みんな彼のことを、厳しいとか冷たいとか言うけれど、以前から彼は助けを必要とする相手を絶対に突き放したりしない人だった。……ずっと見てきた私は、知っている。

本当の意味で、助けを必要とする人には手を差し出す優しい人なんだって。

それでも、たぶん偽装結婚する前の彼だったら、『なにかあれば相談しなさい』くらいだっただろう。

これは、彼の特別になれた私への、全力の信頼と激励の言葉だ。

「ありがとうございます……」

さっきまでの不安が嘘のように、熱いパワーのようなものが湧きあがってくる。

私がこの仕事を任されたのは、彼を含め、みんなが私の努力を評価してくれたからだ。五年間積み重ねてきたものが、花開くような不思議な気分に陥った。

「私……いつものやりかたがうまくいかなくて、少し難しく考えていました……。完璧にしたいって、負けたくない気持ちが強く出すぎちゃったのかもしれません」

「意気込みは大切だが……俺は押し付けるためにあなたに任せたわけじゃない。この前も言ったように、俺も相談に乗るのでちゃんと頼ってください」

大きな手が優しく頭に触れ、見失いそうになっていた自分が引き戻された。

「ありがとうございます……力が湧いてきたので、もう少し、自分なりにやってみます。それでも方向性が見えないときは相談に乗ってください」

まだ時間はある。焦らず探っていけばいい。

「近いうち、休みが取れそうなんですが、約束していたデートに行きましょうか」

やる気を取り戻した私に、千秋さんがソファーに背を預けながら提案してくれる。

デート……⁉　くるんと体を方向転換させ、耳がダンボになる。意識は完全にそっちに逸れた。

「覚えてくれていたんですね……！」

とても忙しそうだったので、てっきりデートの約束なんて忘れていると思っていた。

「約束したのに、忘れるわけないでしょう……。あなたも煮詰まっているみたいですし、今を逃せばレセプションまでふたりとも休みを取ることは難しいでしょうから、状況を見て行きましょうか」

彼の口からさりげなく『レセプションまで』というワードが出てきて、心がびくりと跳ねた。

あの触れ合った夜、確かに千秋さんは私に惹かれていると明かしてくれたが、婚姻関係の継続に関して明確なことは言っていなかった。

千秋さんの気持ちを疑っているわけではないが、彼はもとより結婚や恋愛などを煩わしいと思っていた人だ。

——私は彼の傍に、いつまでいていいのだろうか……？

その話に触れる度胸はなかった。

「デート、とっても……とっても、楽しみです」

でも、くよくよするのはもったいない。千秋さんが私との今後をどう考えていようとも、私の気持ちも、望みも、ひとつしかないのだから。

足元に近づいて期待を込めて見つめると、涼しげな面差しがふわりと緩む。

「……ほんとに、物好きな人だな」

「ぁ……」

千秋さんは私を見つめて小さくなにかを呟いたあと、眼鏡を取って綺麗な顔を寄せてきた。あっと思ったときには、体ごと抱き寄せられ、彼の膝の上でふたりの唇が重なっていた。

「んッ……ふぅ――」

一度軽く触れ、何度か啄《ついば》んだあと、自然と角度を変えて深くなるキス。当たり前のように唇を割って舌が侵入してきて、くちゅりと私の舌に柔らかく絡みつく。あの夜と同じ熱い感触に、ずくりとお腹の奥が熱を持つのを感じた。

「今日は最後まで、抱いてもいい？」

唇が離れ、耳元で甘く強請《ねだ》られる。仕事のときのクールな彼からは考えられない淫らさに、全身がゾクゾクと甘く震えた。

こっくり頷くと、優しく表情を緩めた千秋さんは、自分の部屋へ移動し私をベッドへ導いた。


「やっと触れられる」

抱きしめられ、繰り返される優しいキス。

唇を啄《ついば》みながらパジャマを脱がされ、下着姿でシーツの上に押し倒された。それから千秋さんも、パジャマにしているTシャツを鬱陶《うっとう》しそうに頭から引き抜いた。

私を跨《また》いで膝立ちする彼のパジャマのソコはすでに盛りあがって、反応しはじめている。こくりと喉が鳴った。

「っ……触れたいと、思っていたんですか？」

会社でたまに顔を合わせる彼も、家で挨拶《あいさつ》と朝食を交わす彼も、いつもポーカーフェイスでそんな素振りはなかったのに。今の彼は、飢えた狼みたいな目で私を見つめている。

「当たり前でしょう。あなたのことが……好きなんだから」

「ぁ……」

細身だけど、しっかりと引き締まった体躯《たいく》が覆いかぶさってきて、耳や首筋へのキスが繰り返される。

「この前も言いましたが、ちゃんと責任とってもらわなきゃ困る。こんな気持ち自分でもはじめてで、どうしたらいいのか、わからないんですから……」

そのまま流れるような手つきでブラとショーツをはぎ取られた。こぼれ出た小ぶりな双峰を手のひらで包むように触れて、指で先端をくりくりと弄《もてあそ》びながら揉みしだく。

「ぁ、んっ――んぅっ、ああ……」

「本当に探求心を満たすための提案だったのに……今では、桜さんがいない生活が考えられないんだ」

硬くなった胸の突起に熱い唇が触れ、飴玉のように入念に舐め転がされる。愛おしくて仕方ないというような眼差しで。

刺激以上の甘美な快感が全身に広がり、今にも蕩《とろ》けてしまいそうだった。

「あっ……はぁっ」

「……あなたに触れられるのは、俺だけです」

そのまま、ぱくっと口の中に含み、じゅるじゅる音を立てて淫らに吸いあげられた。

擦り合わせた足の間でとろりと蜜の滲《にじ》む気配がする。

矢継ぎ早に降ってくる刺激に甘い声がこぼれる一方で、この前より明確な好意の言葉に涙がこぼれそうになる。

「……ずっと、一緒に……いられるの？」

胸の中に広がるのは期待。それからわずかな不安。それでも、今、ちゃんと言葉にしてもらわないと、この不安から解放されそうになかった。

千秋さんは擦り合わせていた太腿を容赦なく割り開いて、そこに体をねじこみながら少しだけ悪い顔をしてみせた。

「――逃がすわけないでしょう。悪い男を口説いたと諦めて……このまま俺の傍にいてください」

確たる約束をしてもらって、みるみるうちに不安が消えていくのがわかる。心が一気に熱くなった。

偽装なんかじゃない、ずっと一緒にいられる――

「ふひゃ……っ！」

喜びを噛みしめていたそのとき。ちゅぷりと指が蜜口に触れた。完全に無防備だった私の口から情けない声がこぼれる。

「――だからココも……今から俺の形を覚えてくださいね」

入り口を何度か上下になぞったあと、千秋さんの長い指が、蜜を纏いながらゆっくりとナカに入ってきた。

「ぁあっ……んぅ――あぁっ……」

切ない快感に震え、背中が無意識に仰け反る。甘い吐息のこぼれる唇を、彼の薄い唇が啄《ついば》んだ。

「狭いな、経験は……？」

一度唇を離し、指を慣らすように抜き差ししながら、気づかってくれる。

「ぁ、まり、ない……あぁっ」

正直……過去一度だけのお付き合いは、留学中に相手が心変わりしてしまった実質半年にも満たない交際期間で、〝経験がある〟と言っていいほどのものかはわからない。

けれど、体はどんどん蜜をこぼし、千秋さんから与えられる刺激を待っている。

「なら、ふたりで悦くなれるよう、念入りにほぐさなければな」

これからすることを教えこむように怪しく囁《ささや》いて、長い指の付け根をぐっと陰唇に押し当てた。

「あぁ……！」

綺麗な指はこうしてナカに入ると男らしくゴツゴツしていて、動きを感じるだけでナカが甘く震える。

両手を伸ばしキスを強請《ねだ》ると、宣言通り念入りに体を甘く蕩《とろ》かされた。

吐息をキスで奪いながら、慣らすように指で蜜孔をねっとり掻き回される。

グッチャグッチュと粘膜が泡立つような音を立てながら、私の弱い場所をしつこく擦られ、私はあられもない声を上げながら何度も絶頂した。

花芽を転がされ、舐め回され、全身触れていないところはないのではと思うくらいに、たっぷり指と舌で愛でられた。


「挿れるよ」

そうしてベッドに体を投げ出していると、避妊具を装着した彼が腰を掴み、余裕のない表情で蜜口に陰茎を押し当てた。

「あっ……あぁ」

そのまま腰を進められて、身に余ると思っていたサイズの肉棒が、解された肉壁をミチミチ掻き分け入ってくる。身長差があるせいでうまく合わない視線を求めるように、私は力強い腕に手を添えた。

「ぁ……ちあき、さん……」

震える声で名前を呼ぶと、ギュッと両手を恋人繋ぎで握って応えてくれる。

同時に、彼が腰をグイッと押し進め、ぐちゅぐちゅん……！　と奥まで貫いてきた。

「――ふぁあぁ……っ！」

甘やかな鈍痛と、それを超過する圧倒的な快楽が脳を突き抜ける。

私は、挿入と同時に下肢を痙攣《けいれん》させあっけなく達《い》ってしまった。

「……っ、達《い》ったんですか？　ナカがすごい波うってる」

――ぱちゅん！

「ふあぁ……っ！　やぁっ、動いちゃだめぇ……あっ、あぁっ！」

堪えきれないように腰を鷲掴みにして、ぐっちゅぐっちゅと湿っぽい音を立てながら、千秋さんが腰を打ち付ける。

「こんな反応されて無理だろ……。あなたにこんなに善がられたら、止まらない」

リズミカルに剛直を叩きつけられ、痙攣《けいれん》するナカが犯される。先端で奥をゴツゴツ突きあげられるたびに、頭の中で花火が上がった。

お仕置きでもするみたいに絶え間なく快感を与えられて、快楽の閾値《いきち》を飛び越えていくのがわかる。

「ああ、ぁっ、あん――きもち、いいっ……っ」

この前のもどかしい行為とは違う。ナカの……一番脆弱な一部を擦り合いながら、身も心も大好きな人にずっぷり埋め尽くされている。切なくて、愛おしくて、幸せで……思うがままに感じてしまう。

「――俺も、気を抜くとマズイくらい、きもちいい……っ」

千秋さんは苦しそうにそう呟くと、汗ばんだ私の体を繋がったまま膝の上に抱えあげてしまった。

刺激される角度が変わって「ひゃん！」と震える。

そのまま向かい合った千秋さんは、窮屈そうに背中を丸め舌を絡めてきた。ねっとり絡めて吸いあげられ、ズンズン雄芯が子宮を突きあげる。

「んぅ……あんっ、んぅ――」

「……可愛すぎ。癖になりそうだ」

だらしない顔の私をギラギラした男の目で見て、興奮しきったように吐息を吐く。

私も硬い先端が最奥を穿《うが》つたびに気持ちがよく、ぎゅうぎゅう内壁を締め付け気が遠のきそうになる。

「ちゃんと俺のものだって実感させてください……桜もずっと、こうされることを想像していたんでしょう？」

「あっ、んぁっ、そ、れはぁ……っ」

――その呼びかた、ずるい。

いつも敬称をつける千秋さんにそう呼ばれると、それだけで達《い》ってしまいそうになる。

これまで何度も想像していたに決まっている。

この前の、ひとつに繋がれなかったもどかしい夜はもちろん、その手に唇に触れられるたびに、冷静な彼に求められたらどんなに幸せだろうと考えていた。

だけど現実は、私の妄想なんかよりも淫らで、気持ちよくて……自分がこんなに情熱的に愛されるなんて……

「ちゃんと聞かせて」

熱い吐息に促されて、気持ちが蕩《とろ》ける。

「……そうぞう、してた……抱き合えて、幸せで、苦しい……っ。ちあきさんが、好きで、すごく、きもちぃ……」

熱に浮かされたままうわ言のように何度も呟くと、感極まって涙がこぼれる。

同時に千秋さんの腰の動きが大きくなった。

「泣きながら言うのは、反則でしょう……っ」

ひと際大きく突きあげられて「ひあぁん」と啼く。そのまま腰を強く抱えられたまま、ガツガツと最奥を攻撃された。頭の芯が蕩《とろ》け、両手で彼の背中を掻き抱いて悶《もだ》えた。

「——俺も苦しいくらいあなたが愛しくて……世界が変わったみたいに、幸せですよ……っ」

「あ、ぁあ！　あ、ぁ！」

彼が素敵なことを言っている気がするのに、もうなにも聞こえない。肉壁を抉っていく太くて大きな熱竿の存在しか感じない。

目の前でパチパチと光が爆ぜて喉をさらして仰け反った。

「愛している……」

ぎゅん！　とナカが大きく波打つ。

「——達《い》っちゃあっ……！」

煽られるように加速した雄芯にどちゅどちゅ子宮を突きあげられ、頭の中が真っ白に染めあげられていく。

「っ――……桜」

直後、息を詰めた千秋さんが、ぎゅーっと潰れそうなくらい私を抱きしめ、私のナカで劣情を吐き出した。

膜越しにナカが温かくなる。その熱を感じながら、抱きしめ合ってキスを交わす。

――幸せすぎて、クラクラする。

『悪い男を口説いたと諦めて……このまま俺の傍にいてください』

――千秋さん、私はもう、ずっとずっと前からあなたしか見えていなかったよ。

夢を見ているような気分で、再び組み敷いてきた大好きな彼と、もう一度快楽の波の中へ堕ちていった。

第九章　私が大丈夫ではない

——数日経つと、暦は九月に移った。

晴れて千秋さんと本物の夫婦になって舞いあがっている私だが、こっちも忘れちゃいない——

『クリスにグレン氏の学生時代のことをリサーチしたい……？』

午後三時、社長室へ足を進めながら、もう一週間前になるベッドでの会話を思い出す。

『はい。本当は料理の好みに繋がる情報を得たかったんですが、ここまで情報が出てこないとなると、小さな情報から可能性を探ってみるのもありかと思いまして——』

千秋さんから励まされてすぐに、ひとつ名案が浮かんだ。

うまくいくかはわからないけれど、クリスに協力を求めるのが、一番だと思った。

クリスには、大役を引き受けてすぐに協力を要請していたが、『ここ数年会っていないし、ましてやグレンの食の好みなんて知らないからなあ～』とやんわり断られていた。

しかし、クリスとグレン氏は、エリート教育に長けたフランスの全寮制学校の学友だという。卒業後は別の大学に進みパーティーや会合でしか顔を合わせていなかったらしいが、自信家でとても優秀だったグレン氏を、クリスはとても尊敬し慕っていたという。仲介を頼まれるくらいだし、割と仲はいいはずだ。

クリスが前置きしている通り、情報源になる可能性は薄いかもしれない。それでも、メディアの情報が少ないなか、友人を名乗るクリスが近くにいるのだ。協力してもらわない手はないと思った。

――そんなわけで千秋さんから、クリスのスケジュールを聞いた。空き時間に話を聞きたいと思ったから。

でも、千秋さんはどことなく気乗りしないような感じだった。しばらく手帳を見たまま沈黙し、さらにしばーらくして、『……この時間なら』と今日の午後三時からの時間を提示してくれたのだった。

眉間にシワが見えたけれども、私はこの重大任務を成功させないわけにはいかない。

社長室のホワイトチョコみたいなドアをノックした。

すぐにカタコトの日本語で「ハイ」と返事がある。

「失礼します」

白を基調として、内壁のない開け放たれたその空間は、とても明るくて眩しい。

うちの社長室は、ほかの執務室の何倍も広く設計されていて、小規模なミーティングなら多忙な肇社長が移動せず行えるようになっている。

中央奥のくの字型のプレジデントデスクと、隣には窓に沿ったカウンター式の秘書デスク。応接スペースとミーティングスペースは、都内の景色が見晴らせる一面のガラス窓のところにある。

クリスと千秋さんがいるのは、そんな洗練された社長室を可動式の間仕切りパネルで仕切った一角だ。仕事にも環境にも不慣れなクリスのために、千秋さんの不在時でも誰かしらヘルプに駆けつけられるように、という配慮らしい。

「ハ〜イ！　サクラ！　待っていたよ」

「今日は忙しいなか、ありがとう、クリス」

書類でも読んでいたのか、クリスが眼鏡をかけたまま立ち上がり、室内へ促してくれる。

まだ部分的にカタコトだけれど、クリスは来日してからメキメキと日本語が上達してきた。英語が堪能な人材に囲まれているけれど、今後のために少しでも日本語を身につけておきたいと言っていた。

ふと、視線を奥へ向ける。午後から打ち合わせと会食のハシゴで、社内にいないと言っていた社長と友子たちのデスクは空っぽだ。さらに移動すると、間仕切りパネルの向こう側で、対面して並ぶチョコレート色のデスクが見える。

書類の散らかっているクリスのものと、もうひとつ、常にきっちり片付いているデスクに人影は……

「……チアキなら、今しがた事務所から電話があって、荷物を受け取りに行ってくれているよ、サクラが来るのを知っているから、すぐ戻ってくるんじゃないかな」

察したクリスが微笑み、自分たちのブースの応接スペースのソファーに私を促す。

「そ、そうデシタカ」

見透かされたのがなんだか気まずくてギクシャクしてしまった。

こうしてクリスとふたりになるのは、あの告白以来だ。常にお互い誰かが傍にいるし、セミナーや事業関連の業務に携わっているクリスとは、社内で顔を合わせることはほとんどなかった。

きっぱり気持ちを跳ね退けた私に何事もなかったように接してくれる彼は、本当に優しい人だと思う。

偽装結婚していることを後ろめたく思っていたが、その事実はなくなったし知られる心配もなくなったと言える。もう心配することは、グレン氏の件だけだ。

コーヒーを準備し早速本題に入った。

「――チアキから話は聞いているよ。グレンの情報が出てこないから、彼のことを聞きたいんだよね？」

クリスは、レコーダーを準備する私を見つめながら、切り出した。

「……うん、メディアへの露出は多いし、ＳＮＳも頻繁に更新されているのに、本人の情報が全然出てこなくて……これは意図的にそうしているんだろうと思ったの。だから、料理から一旦離れて、まずは少しでもグレン氏のことを知れたらって思って」

私はこっくり頷いて答える。

タブレット端末にまとめてきたグレン氏のグルメブログをもとに、これまでのリサーチ結果を話す。

雑誌や経済誌、色んなものに出ているけれど、グレン氏が自らに触れることは不自然なほどない。

経営論や戦略といった小難しい持論ばかりだ。

テーブルではボイスレコーダーの赤い起動ランプが点灯している。

クリスは少し間を置いたあと、言いにくそうに切り出した。

「僕の憶測でしかないんだが……彼がプロフィールを公表してないのは、生い立ちが関係していると思うんだ」

「生い立ち……？」

クリスを見ると、ブラウンの緩い癖毛を掻きあげグリーンアイを細めた。

「……彼は自分のことを全然話さないタイプだったからどこまで本当なのかわからないけど、グレンは庶子だと……聞いたことがある」

え……？　と息を呑んだ。クリスの話は続いた。

「僕はデリケートな事情に安易に踏みこむのは、不作法だと思っている。じーちゃんが厳しくて、そう躾けられたから。……この話は、機器発明に勤しんでいた変わり者の僕の耳にも届くくらいだから、まったくの嘘というわけではないと思う」

デリケート……いわゆる婚外子ということだろう。

踏みこまない気づかいは穏やかで優しいクリスらしい。

昔、ホームステイ中にも『じーちゃんがうちでは絶対的な存在なんだ』とよく耳にした。彼の祖父——鷲宮会長の友人であるレノックス会長もまた配慮のあるかたなのだろう。とても厳格で気難しいと聞いたことがある。

——つまり、そういう事情があるので、グレン氏は情報を制限をしている、ということだ。

結局、この対談からも収穫を得られなそうで、ほんの少しガッカリしてしまった。

「サクラ？」

「あ、ごめんなさい。そうなんだね……——なら、いくつか質問を用意してきたから、クリスの知る範囲のことを教えてもらえたら嬉しいな」

我に返って、端末のメモ機能を開いて続けた。何事も、やってみなければわからないもの。


「いやぁ～……全然力になれなくてごめんね」

「……ううん、そんなことないよ。ありがとう、クリス」

だけど、得られた情報は料理とは無縁で、少々先行きに不安を感じる結果になった。

わかったのは、グレン氏はＳＮＳでの通り傲慢で高圧的。そして計算高く、美しいものを好むプレイボーイだということ。学校での度が過ぎた悪戯《いたずら》や、多彩な女性関係を聞かされ気が遠くなるかと思った。まあ、美しいものが好きというなら、料理は目を楽しませられるものがいいかもしれない……なんて彼の癖の強い人柄を解釈しておく。

予定よりも早く話が終わり、その場を終了した。レコーダーの電源を落とし、持参した書類などを抱え微笑んで見せる。

「——でもサクラ……今から辞退するのもありじゃないかな？　聞いていてわかったと思うけど、グレンは悪いやつじゃないんだが……、昔からものすごく変わり者で戯れが過ぎるところがある」

クリスは、社長室をあとにしようとする私の行く手を塞《ふさ》ぎ、心配そうに打ち明ける。

友人の彼がここまで言うのは、よほどのことだ。

これまでのグレン氏とのやりとりや、彼の料理に対する酷評と今の話から、グレン氏は料理を通し企業や担当者の力量を推し測ろうとしているように見えた。

そして、クリスは、パーティーの料理がお気に召さなかったときの保険であるのかもしれないと。

……正直、不安だ。私みたいなひよっこの手に負える案件ではないと思う。それでも。

「辞退はしないよ。確かに難しいかもしれないけれど、ここが私の頑張りどころだもん。まだ時間はあるし、しっかりやり遂げたい。どうしても難しそうなときは、ゼネラルマネージャーや藤森さんからも助言をもらおうと思うけど」

途中で投げ出すなんてもっと嫌だ。

千秋さんは言っていた。

『――難易度の高い依頼はおもてなしの心が試される秘書の見せ場だと、俺は思ってます……。――俺は、あなたなら、グレン氏はもちろん、会場中の招待客を魅了することができると思ったから、今回推したんですが？』

抜擢された自分の力を信じたい。千秋さんが言ってくれたこの言葉は、なによりも信じられるから。

「君の進退問題に関わるんじゃ――」

「大丈夫、問題ないよ。それよりも……――わぁ⁉」

クリスは千秋さんの『失敗したらどうなるのか』という言葉を聞いて、よほど心配でならないらしい。千秋さんはきつい言いかたをする人だが、全力で取り組んだらきちんと認めてくれる人だ。

そのとき私の足が、つるりと明後日の方向へ滑ってしまった。

「――おっと……！　ごめん、書類が落ちていたか」

ふらりと傾いた身体を、嗅ぎなれないシトラスの香りと力強い腕が抱き止めてくれた。

「ありがとう……」

お礼を言いながら顔を上げると、身を屈めこちらを覗きこんでいたエメラルドグリーンの瞳とパチリと視線が絡まり、わずかに見開いた。

――ち、近い。

「ご、ごめんなさい――あっ」

慌てて一歩引こうとしたら、背中に回っていたクリスの腕に力が籠められ、身体がまた引き寄せられる。そのまま息がとまりそうなほど、ぎゅーっと抱き締められた。

はらり……と、なにかが床に落ちたような気がしたけれど、構う余裕はなかった。

「えっ、あの……クリス……？」

身長差三十センチ以上はある大きな体が、子供のように縋《すが》りついてきた。苦しくてグイグイ胸を押し返すけれども、クリスはちっとも力を緩めず、まったく応じてくれなくて。

「――サクラは本当に……昔から変わらないな」

代わりに、苦しそうな声が聞こえてくる。背中でクロスした腕には、さらに痛いほど力が籠もった。

「前向きで、行動力があって、可愛くて……そんな姿を見たら、諦められなくなるよ」

手が震え、余裕のない英語口調になる。なんのことかわかってしまった。彼の心が泣き叫んでいるのが伝わってくる。

「いや……そんな簡単に、諦められるわけがないんだよな……七年も君を思っていたのに——諦めたら、ぜんぶ終わってしまう」

——おわ、る……？

自分に言い聞かせるような最後の一言に引っかかるものの、歓迎会の日の真摯な告白が脳裏に蘇《よみがえ》る。

『再会したばかりだけど、ずっと君に伝えられなくて後悔していたことだから』

切なる思いが私の胸を貫いた。

「驚かせてごめん……たまに、自分でも抑えられない気持ちがこみあげてくるんだ……君を奪える隙があればいいのにって」

どうにか顔を上げると、手負いの獣のような目で見つめられる。穏やかだったクリスの予想外の言葉に、驚いて声が出ない。せめてもの意思表示として、腕の力が緩んだ瞬間そこから逃れ、静かに首を横に振った。

「クリス……気持ちはありがたいけれど、ごめんなさい。応えられない……」

「……サクラ——」

「では、時間なので、失礼します」

まだクリスがなにか言っていたような気がするけれど、笑顔で時計を気にする素振りをしながら社長室から逃げだした。


片思いの苦しさは、私にも理解できるつもりだ。

だとしても、応えられない。仮に……千秋さんに『やっぱりこの結婚はなかったことにしよう』と言われても、私の気持ちはブレない。それだけは、真実だから。どんなに魅力的なものをぶら下げられたとしても、私の心を動かせるのは、ひとりしかいない。

とはいえ――

「あんなにまっすぐ見つめられると、ちょっと罪悪感が……」

ぽつりと呟いた瞬間、廊下の角で誰かとぶつかった。

「わぁっ」

よろけた私を力強い腕が支える。

「國井、さん……？」

顔を上げて目を見開く。ダークスーツを纏った怜悧《れいり》な美貌が、書類を手に私を抱きとめていた。

「……ゼネラル、マネージャーっ。すみません、ちょっとぼーっとしていて――」

急いでいたらしく、彼の肩が少しだけ上下している。

「こちらも不注意でしたので。クリスとの話は……？」

どうやらそれが気になって急いでいたようだ。大切な案件だから、上司として私以上に進捗を気にしているだろう。

「先ほど終わりました。詳細は長くなりそうなので、また後日報告します」

……クリスに告白されたことも、報告に含めるべきなのだろうか？

内心そう考えつつ離れようとすると、腕を取られ動けなくなった。

「え……？」

眼鏡の奥の涼やかな瞳が静かに私を見つめる。しばらく見つめられたあと、千秋さんは奥の社内図書室の扉を見やった。

「……クリスとの対談が終わったところすみませんが、藤森さんにあなたにデータを戻すように言われています。……少し、時間をください」

そんな話は聞いていなかったけれど、藤森さんがいつもお願いしている立案のチェックに関することだろう。今日は会長は不在で、藤森さんは非常勤役員の専務とグループ企業のイベントに出席中だ。私はこっくり頷いて、あとに続いた。


——だけど、図書室に入ってふたりでＰＣの前にやってきて、すぐのことだった。

「え？　あの……」

社内図書室にはＰＣや輪転機が設置されていて、本や資料の貸し出しや作業場としても使われる。だいたい出退勤間際に立ち寄る人が多く、午後休憩後の現在は無人でがらんとしていた。

彼がデータを準備する間、資料で調べものをしていようと思った。だが気づくと私の体は、カウンターと千秋さんとの間に挟まれてしまった。

——どうして……

無言のまま切れ長の澄んだ目が私を見下ろしていて、心臓がバクバクする。

仕事人間と言われる彼は、偽装結婚後も、思いが通じ合ったあとも、業務中の私との距離は上司と部下としての節度を守ったものだった。

それでもって私生活では、あの夜から同じベッドで眠り、時間が重なれば体を繋げるのがデフォルトになってきた。でも、冷静な彼の考えていることは、私にはなかなかわからなかった。

「ぜねらる、まねーじゃー……？」

——なんか、怒らせた……？

もう一度呼びかけると、千秋さんがため息をつきながら身を屈め首筋に顔を寄せてきた。

「……さっきから、香水の香りが移っているの気づいています？　……クリスとなにかありませんでしたか？」

「！」

吐息が触れドキリとする。同時に千秋さんのグリーンの香りに交じって、シトラスの香りがした。

はっと息を飲みこみ、抱きしめられた感覚が蘇《よみがえ》る。

ゆっくり視線を上げると、正直に言いなさい、という眼差しに射貫かれた。

「さっき転びそうになったときに、支えてもらったんです。そのとき、ちょっとだけ抱えられたというか――ぁっ……」

「――なるほど。忘れられないと、抱きしめられた？　……困りましたね」

察しがよすぎる……なぜわかってしまうのか。

穏便に済ませたくて言葉を探していた私の腕が引かれ、そっとスーツの胸に引き寄せられる。

頭の回転が速い彼は、私の思う以上に色んなことに気を回し、配慮しているのかもしれない。

「――あなたは目を離すと、すぐにちょっかいを出されるな……。頼まれごとを引き受けている場合じゃなかった」

優しいグリーンの香りと心配そうな声に包まれ、胸がきゅうっと締め付けられる。

急いでいたのは、仕事だけじゃなくて、私のことも心配してくれていたから……？

嬉しくてニコニコしてしまった。

「私は大丈夫ですから」

きちんとお断りしていますし、と体を離すと、千秋さんはまだ眉間にシワを寄せていたけれど、頭にポンと手を乗せ応じてくれた。

「……私が大丈夫ではないんですよ。ボスとはいえ、許せないこともあります……。まあ、なにやら、事情がありそうですが」

「え？」

最後のほうがうまく聞こえなかった。

「――ところで、再来週の金曜日は、國井さんは休暇ですよね？」

千秋さんは空気を変えるように尋ねた。

椅子を引き、ＰＣを起動して振り返る。どうやら立案書の返却も嘘ではないようだ。

「へ？　はい、休みですけど……」

先日、休日に接待とパーティーへ同行したので、佐藤室長と藤森さんから休むように言われていた。お言葉に甘え、有給休暇を申請したのは、三日ほど前だった。

「休暇を取れそうなんですが、予定がなければ約束のデート、行きませんか？」

――デート……！

まさかこのタイミングで言われると思わなかった。

仕事中にもかかわらず、前のめりになる。

「行きたいです……！」

「ならよかった……その日クリスは私用で休むそうで、私も気兼ねなく出かけられるので。あなたも行き詰まっているようなので……そろそろ息抜きをしたほうがいいでしょう。予定は、私のほうで立てておくから」

千秋さんはそう言って微笑むと、データに何点か追記し確認済みのＵＳＢを私に差し出す。

同居をはじめてからの千秋さんは、休日でも仕事の電話が入ってきたりして家にいたことがほとんどなかった。日本に不慣れなクリスに付き合い、展示会やイベントに同行していると言っていた。

忙しいなか、約束を守るために考えてくれたのだろう。

そして、クリスに抱きしめられたことだけでなく、これといった収穫がなかった私もお見通しだなんて……

彼は、私が思う以上に、私のことを見てくれているのかもしれない。

服の下のマリッジリングをぎゅうっと握りしめた。

「楽しみにしています。指輪、つけられるようになるの、とても嬉しいです……」

千秋さんは困ったように視線を逸らしたあと、背中に触れ出口へ促した。

「デートひとつで喜びすぎでしょう。こんな普通なこと、これから何度でもできるのに」

いや、それは絶対に、違うと思う。

「……普通じゃないですよ。千秋さんが偽装でも私と結婚してくれなきゃ、成り立ちませんでしたから」

「奇跡です」と反論して図書室を出ようとした私のお腹に、大きな腕が巻き付いた。そして、「っひゃぁ」と情けない声を上げる間もなく――

「ほんとに、あなたは人を煽るのが得意だな――」

眼鏡をかけた端整なお顔が耳元に近づいてきた。ぐいっとシャツの胸元をくつろげられ、ふわりと彼の吐息が触れる。

「あっ……ん」

戸惑《とまど》う体をむぎゅっと抱きしめられ、現れた鎖骨の上をぴちゃっと舌が這《は》う。何度か甘やかすように舐めたあと、ちくんと痛みが走った。

「……今夜は遅くなるが、クリスにつけられた匂いはしっかり消させてもらう。コレは、それまでの虫除けです」

彼はたった今まで唇が触れていた、紅いマークのついたソコを長くて綺麗な指でトンと叩き、離れていった。

「――へ、あの……」

「では、お先に――」

千秋さんは、艶のある低い声で鼓膜を揺らしたあと仕事モードに切り替え、へなへなと棚に身を寄せる私をその場に残し、仕事に戻ってしまった。

魅惑的な夜の気配に、ふるんとお腹の奥が熱を持つのがわかった。

――もう……まだ仕事残っているのに……

顔を真っ赤にした私がそそくさと図書室を出たあと。そこを出る影がもうひとつあったなんて――このときの私は考えもしなかった。

第十章　聞いていられない

それからの二週間は、水を得た魚のように溌剌《はつらつ》と駆け抜けた。

千秋さんは彼の宣言通り、あの夜情熱的に抱いて香りを書き換えた。何度も気持ちを確かめては嬉しそうに翻弄し、貪欲に繋がった。

そしてまた、彼とはすれ違いが多くなってしまった。だけど。

『次の休みまで、この時間はお預けだな……』

すっぽり私を抱きしめそう言った彼は、デートを楽しみにしてくれている様子だった。

パーティーやクリスの研修により異例の忙しさだが、この言葉をエネルギーにしたら自然と体が動いた。

そして、忙しかった仕事の疲労も、思うように触れ合えない寂しさも、この日になってぜんぶ吹き飛んだ。

「わぁ、いい天気ですね」

「そうですね」

ときは九月の半ば。ついにデートの日だ。

助手席の車窓から眺めた秋空は雲ひとつなく澄んでいて、私の心と同じくらい晴れやかだ。わずかに開いた窓から入る柔らかな風が、とても気持ちいい。

クラシカルな紺色のシャツワンピースは、この日のために購入したものだった。ふんわりした裾と、緩くハーフアップにした髪が、風に揺れる。

「――で、今日は、どちらに行くんですか？」

髪を押さえながら運転席を窺う。

端整な顔にかかっているのは、お見合いのときと同じシルバーのアンダーリムの眼鏡。黒髪は、額を斜めに流れ顔まわりで揺れている。衣装はブラックのジャケットとテーパードパンツに、秋らしい暖色系のインナーを合わせていた。

カジュアルな姿は、お見合いの日以来だろうか。さらに知的で引き締まったプライベート仕様の千秋さんに、私の心臓は朝から何度も悲鳴を上げている。

「まずは、俺が先日指輪を購入した都内のジュエリー店に向かいます。そこからは、まだ秘密です」

「宿泊の準備、しましたよね？」

運転しながら答える千秋さんにソワソワと尋ねる。

一週間前の夜、ベッドに入ってきた彼に『宿泊の準備をしておいて』と囁《ささや》かれ、トランクには私たちのスーツケースがふたつ積んである。

遠出……？　明日は土曜日だが、英斗社長に同行しなければならない会食が夕方に入ったと言っていた。どこに連れていってくれるのか、ちっとも想像がつかなかった。

「宿泊は都内だが、行き先は少し先になるかな」

「先……？」

どういうことだろう……？

「まぁ……ほんの少し、仕事を兼ねているとだけ言っておきましょうか」

き、気になる……。そう言って運転したまま柔らかく微笑んだものの、千秋さんはそれ以上教えてくれなかった。

ほどなくして、彼の運転するセダン車は、指輪を購入した都内のジュエリーブランド店へと到着した。

あらかじめ連絡しておいてくれたおかげでスムーズに測定と注文が終わり、近くのカフェでランチを済ませたあと、再び移動する。

指輪の受け取りはひと月半後の十一月初旬。レセプションパーティー頃とのことだ。

ずっと首にぶら下がっていた指輪がないのは寂しいけれど、戻ってくるのが楽しみだ。

それから、車は都内の喧騒からどんどん離れ、しばらくすると自然のあふれる郊外を走行していた。

緑が眩しい、整備された通り。写真集なんかに掲載されていてもおかしくない、洗練されたオシャレな空間だった。

そんな大通りをまっすぐ進むと、突き当たりに西洋チックな立派な門構えが見えてくる。そこを当たり前のように通ったことに驚いていると、やがて、深緑に囲まれたお伽噺に出てくるような建物の前に到着した。

……ヨーロッパ貴族のお屋敷みたい。

「美術館……ですか？」

しかし車はほかにない。洋館横の駐車スペースに停めたあと、混乱のまま手を引かれ車を降りる。

「ここは、会長が所有する施設です。いわゆる、別荘と言えばいいでしょうか」

「べ、別荘……っ！」

びっくりして、目をひん剝く私。

そこからまっすぐ伸びる、レンガが敷き詰められた美しい遊歩道を並んで歩いた。

青い芝生が広がり、洋館のほかにも、飼育小屋のような細長い建屋や、ドーム場の大きな建物がいくつかある。美術館というよりは自然公園のようで、個人が所有できるものではない。

さすが、世界長者番付にも名が載る我らが鷲宮会長だ。

一般ピープルの私にはなかなか理解できないが、千秋さんは案外平然としている。彼自身も育ちがいいから仕方ない。

「実は少し前に——」

足を進めながら、ここに来ることになった経緯について教えてくれた。

『嶋田、ちょっと頼みがあるんだが……』

私と図書室で会う前日、会長から声をかけられたらしい。

『ここしばらく、管理会社に任せきりでなぁ……レセプションパーティーのこともあって、アレの様子を見てきてほしいんだ』

千秋さんは、会長や英斗さんの付き添いや送迎で、これまで何度もここを訪れた事があるそうだ。

『今は見頃だ……。お前たちも休みの日くらい、自分の時間を大事にしなさい――』

そう言って、ここの合鍵を手渡されたそうだ。

『アレ』がなんなのかわからないが、胸の奥が温かくなる。頼みと言いながらも、会長なりになかなか一緒に休日を過ごせない私たちを、気にかけてくれていたのだろう。

「時間あるので、ゆっくり見て回りましょうか」

「――はい」

自然と口元に笑みが浮かぶ。

差し出された手を取って、私たちは広大な別荘敷地内を散策した。

別荘内はいくつかのエリアに分かれていて、想像以上に広いつくりだった。はじめに向かったのは、管理人さんがいるという管理棟だった。

会長に頼まれた手土産を渡し、挨拶《あいさつ》を交わす。そのあと別荘内にある施設を簡単に紹介してもらった。

広くて綺麗な芝生では乗馬ができて、いくつか聳《そび》えるドーム型の施設ではさまざまな植物が展示してあるんだと教えてくれた。

管理人さんの勧めで乗馬や餌やりを体験してみたり、手入れの行き届いたハーブ園などを散策した。それから、別荘近くのカフェで早いアフタヌーンティーをしたあとまた移動する。

気づけば二時間ほど経過していた。

「それで――、今度はどこに向かっているんですか？」

当たり前のように私の手を引いて遊歩道を進む彼に尋ねる。

「まだ秘密です」

千秋さんは教える気はまだないようで、うっすらと微笑んだ。


数分後。行き着いたのは、巨大なクリアケースのようなドーム型の建物だった。

千秋さんは、管理人さんから預かった鍵で慣れた手つきで扉を開けて、私を先導する。

「すごい……植物園みたい」

まるで海外の城庭のように美しく箱詰めされた素敵な場所だった。

広大な温室内には、常緑低木が等間隔で立ち並び、その周辺をトロピカルな花々が囲っている。

もちろん温度も南国で、すぐに体が汗ばんできた……

「会長の趣味で造られた、巨大な温室の庭、と言えばいいでしょうか」

汗でべたつく私の手を引きながら、スタスタと木々の間を歩く涼しげな横顔を見あげた。

「趣味でこんな異次元な場所を……？」

「ええ、亡き奥さまが植物に関心がおありだったそうで、興味のあるものを取り寄せているうちに、こうなったそうです」

「奥さまが……」

……なるほど。千秋さんの静かな説明を聞きながら、これまで何度か見たことのある、会長の寂しそうな笑顔を思い出す。

『亡くなった妻は、花が好きでね――』

会長は、とても年季の入った革の手帳に、薔薇《ばら》の花束を持った線の細い上品な初老の女性の写真を、いまだに挟んでいる。

私は、手帳を拾ったときにたまたま飛び出た写真を見てしまい、教えてもらった。

『見つかってしまったな』と照れくさそうに、でもほんの少し寂しそうに笑う会長は、とても印象的だった。

ここは、奥さまにプレゼントした場所なんだ。

それなら、こんなにも大きくて、素敵なものがめいっぱい敷き詰められているのも、頷ける……

「管理はほとんど信頼できる業者に任せているみたいですが、今でもよく訪れて思い出に浸っているそうですよ」

「素敵ですね……。その姿が想像できます」

会長の心には今でも奥さまだけが……花のように微笑んでいるのだろう。

石畳の道の通路をどんどんふたりで奥へ進む。そうしてやがて、さまざまな花で彩られた鮮やかなアーチを潜ると、太陽の光がより強く感じられるエリアに辿り着いた。

一瞬、声を失ってしまった。

「……すごい。一面の薔薇《ばら》だらけ……。こんなに咲いているのははじめてみました」

光が降り注ぐ開けた空間に、色彩豊かに揺れる薔薇《ばら》の花たち。赤や黄色に白。それだけではない。青や紫の品種だろうか。見たことない色までも……！

まるで、薔薇《ばら》を愛した王妃マリー・アントワネットの住まいを思わせる、異国の庭が再現されていた。これを見て、すぐにわかった。

会長が言っていた見ごろのパーティーで使用する『アレ』って、もしかして——

「実は、今回のレセプションパーティーで、ここの薔薇《ばら》を使用したフラワーオブジェを設置するという話が進んでいます」

私が言いたいことを察したのだろう、千秋さんはそう種明かしをしてくれた。

「……ここの薔薇《ばら》で……？　でも、会長の大切なものなんじゃ……」

「『だからだ』と言っていましたよ」

千秋さんも私と同じように感じて、会長に聞いたのだろう。

「普段誰の目にも触れることなく咲いているから、こういうときくらい使ってほしいと」

節目となる創業百五十周年レセプションパーティーは、とにかく規模が大きく豪華だ。

世界的に注目を浴びるその場では、料理と同じくらい会場装飾も脚光を浴びるだろう。そんなアピールの場で、莫大な資金をかけて自社を売り出すのではなく、自らの大切なもので世界中のゲストをもてなそうとする会長は、本当に心豊かでホスピタリティ精神溢れた経営者だと思った。

「こんなことを思いつくなんて、さすが会長です……」

ここは植物園とはちがう。会長個人が所有する施設だ。毎年、誰もいないここで、亡き奥さまのためにひっそりと輝くのも魅力的だけれども、大勢の人にこの美しさを伝えたいとも思った。

「……きっと、会長もそう思ったんでしょう。レセプションの時期に咲くよう、準備していたらしいので」

「たくさんの人に見てもらいたいですね……」

ニンマリ笑った私に、千秋さんはそっと身をかがめて顔を近づけてきた。

「あなたなら、そう言うと思った」

そして、静かに慈しむように囁《ささや》いて、少しの間甘いキスで私の唇を翻弄したのだった。

純粋に人を思い続ける、まっすぐで切なる思いの詰まった大輪の薔薇《ばら》。

会長はこの依頼を通して、私たちになにかを伝えたかったのかもしれない。

◇

そのあと、果樹エリアを散策し、管理人さんにお礼の挨拶《あいさつ》をして別荘をあとにした。

陽にはかすかにオレンジが混じり、西の雲はほんのり光りはじめる。

私たちは宿泊先のある都内に向かっていた。

「結構歩きましたが、疲れていませんか?」

「全然、むしろ時間が足りませんでした」

ふふふと笑って、運転する横顔を見る。

リサイズの注文は無事に終わり、別荘での時間は美しい自然に囲まれ心がリフレッシュできた。焦がれていたデートは想像以上に楽しくて、言葉では表せないくらい幸せだ。終わってしまうのが惜しい。

「ディナーはホテルのレストランを予約しているんですが、その前に図書館へ立ち寄ってもいいですか？　本の返却をしたくて」

信号待ちになり、千秋さんが尋ねてくる。予約したディナーの時刻までには時間があるらしい。

「もちろんです、私も見たいものがあるので、ちょうどよかったです」

了承すると、車は図書館へと向かった。

薄暗い都内を移動し、しばらくすると、見覚えのある自然公園内の地上五階、地下八階建てのガラス張りの建物が見えてきた。車は地下駐車場へ滑り、停車した。

都内にある国立図書館。国内で出版されたほとんどの出版物を所蔵すると言われる、国内で一番古くて大きな図書館だ。絶版になった本から話題の新刊まで読めて、さらには、結構遅い時間までやっているというのもあり、私も含め秘書室の面々が利用する。来たからには、私も久しぶりに見たいと思って、千秋さんにくっついてきた。


「相変わらず迷いそうな広さです……」

久々の館内を見渡し呟くと、千秋さんが尋ねてくる。

「桜さんも、ここに来るんですか？」

「最近はバタバタしていて来ていませんが、調べ物などをしに、よく。慣れない頃は、本を見つけるのに苦労しました」

建物の中には千二百万冊の蔵書がある。案内パネルや検索ＰＣは設置されているけども、それでも数が膨大すぎて混乱する。慣れた現在でもだ。

何度か司書に助けてもらったことを明かすと、千秋さんは「そのさまが見えるようです」と言って、からかった。秀才の千秋さんと私では脳の構造が違うのに。

「私も参考書をちょっと見てきますね」

案内表示を見て、目的のフロアを見つけた。

声をかけると、千秋さんは快く促してくれた。

「俺も借りたいものがあるので、終わったらそっちに向かいます」

グレン氏の件に携わるようになってから、フランス語の勉強をしたいと強く望むようになった。

グレン氏は日常会話にフランス語を使っている。また、ＳＮＳや経済誌に掲載されるインタビューなどでもフランス語を話していることが多かった。

私は英語は話せるが、フランス語はリスニングのみで、筆記や発音に関しては素人同然だった。

辞書を引いてばかりで調査が進まなかったり、忙しい千秋さんを解読に付き合わせてしまったりして……そろそろ今後のためにもスキルアップしたいと考えていた。

廊下を突き進み、参考書フロアへ入る。

ずらりとさまざまな国の語学本が並んでいた。

フランス語の参考書、いっぱいある……

気になるタイトルを何冊か手にとってペラペラとめくってみたが、こんなにあるとどれにすればいいのやら……

千秋さんを待って、相談したほうがいいかなぁ。

そんな風に本の出し入れを繰り返していると、自分の身長よりも少し高い場所に、惹かれるタイトルが目に入ってきた。

背伸びをして手を伸ばした、そのとき。

「――こんなところで会うなんて、奇遇だね、サクラ」

背後から落ちてきた英語のテノールボイス。同時に、取ろうとしていた本がするりと棚から引き抜かれて、振り返った私の目の前に「はい」と差し出された。そこにいたのは。

「……クリス！　なんでこんなところに……？」

チョコレート色の癖毛。グレーがかったグリーンアイには大きな眼鏡をかけて。緩いトレーナーにゆとりのあるジーンズ、スニーカー。会社でのイメージからはかけ離れているのに、こっちのほうがしっくりくるのは、私が彼の昔の姿を知っているからだろう。少し猫背の体を丸めて、彼はニッコリ笑った。

「これはこっちのセリフだよ！　僕は、チアキが調べ物に最適だって教えてくれたから、文献を漁りに来たんだ。海外のものも多いと聞いてね。帰ろうとしたらサクラが見えて……来ちゃった」

「全然気づかなかった」

だけど、いつも通りの笑顔のクリスに一瞬違和感のようなものを覚えた。なにかが見え隠れするような。目つきが鋭かったような。いや、気のせいかな……？

「なにを見ていたの？」

立ち去る気はないようで、隣に来て本を覗きこまれる。

「フランス語を勉強したいなと思って。私、フランス語はリスニングのみで喋れないんだ。グレン氏のリサーチをしていると、どうしても触れることが多いから、これを機に踏みこんでみようかと思って――」

やっぱり、私の気のせいだったらしい。違和感があったのは一瞬で、いつも通り無邪気に受け答えしてくれた。

「サクラは本当に勉強家だね、チアキも来ているんだろう？　戻るまで僕が一緒に見てあげるよ」

この前の社長室での告白が頭をよぎったが、今のクリスにはそんな様子はない。千秋さんがいることを察しているし、問題ないだろう。

「ありがとう、いっぱいあって困っていたんだ」

クリスは早速隣に立って、何冊か手に取ってくれた。「これなんてオススメだよ」と本の中身の違いを説明しながら。

フランス留学していた彼は、英訳版のものを持っているようだ。アドバイスは的確でとてもわかりやすい。

そうしていくつかの本を借りることに決まった頃、尋ねられた。

「——パーティーのメニューは、まだ決まってないの？」

抱きしめられ告白された日、クリスが私を心配し、辞退を促してきたことを思い出す。

私は彼が言わんとすることがわかったので、先手を打った。

「決まってないけれど……辞退するつもりはないよ……？」

やはり、クリスは困ったような顔をした。

途中で話が有耶無耶になっていたが、納得していなかったようだ。

そして、参考書を探している現在、リサーチが思うように進んでいないことを察したのだろう。

彼は昔から理解が早い。

「わかっているさ。……でも、心配なんだよ。うまくいかなかったらサクラの立場が悪くなるし。この前言っただろう？　グレンは気難しいやつなんだ。君の手には負えない」

言いようのない気持ちになる。

確かに……失敗すれば、苦しい立場になるのは避けられない。それほど、今回の事業は重要なものだ。だとしても——こうもあからさまに見くびられると、心がささくれ立つ。ひよっこの私を『信じて』と言うほうがおかしいかもしれないけれど。

「サクラ、悪いことは言わないから——」

私はもう決めている。

「頼りないかもしれないけれど、私、みんなが推薦してくれた気持ちがものすごく嬉しいし、やり遂げたいと思っているよ。相手の反応を想像しながらメニューを考えるのも、すごく好きなの」

静かに気持ちを伝えると、クリスは少し目を見張った。ここぞとばかりに続ける。

「何度やっても難しい仕事だと思うし、百パーセントの自信なんて、まだまだ持てない。今回は、情報が少なくてヤキモキしているからなおさら――」

「――だったら」

やめることを勧めるクリスに、負けずに被せた。

「でも、みんなや、ゼネラルマネージャーが推してくれたのは、私を信じてくれているってことだから」

異国の海のようなグリーンアイが大きく見開いた。

はじめて直面した難題には困らされた。情報が少なくて、今だって息抜きしながらも、頭の片隅では常に考えている。それでも。

『――俺は、あなたなら、グレン氏はもちろん、会場中の招待客を魅了することができると思ったから、今回推したんですが？』

千秋さんの励ましや、みんなが私を推薦してくれたことが、なによりの原動力となっている。

『信じて』なんて身に余ることとは言えないけれど、信頼に応えたいと思う気持ちは自分を駆り立てる大きなエネルギーになっている。

「自信がないなら、それ以上に努力して自信を持てるようになりたいと思う。やる前から諦めたら、もったいないよ。頑張って、会場もグレン氏も笑顔にしたいって思う」

そこまで告げると、クリスは開きかけた口を引き結んだ。

ようやく気持ちをわかってもらえたと、ホッと胸を撫でおろした。

だが、次の瞬間、信じられない言葉が飛んできた。

「サクラは本当に、チアキのことが大好きなんだね。どうせ、そんなにやる気に満ちているのも、チアキの後押しがあったからだろう？　偽装結婚だって言っていた癖に、妬けるなぁ」

「……え」

一瞬、意味が理解できなかった。

いま、なんて言った……？

心情の読めない目が、私を見つめている。最後に、衝撃的なものが投げられた気がする。

もう一度尋ねようとすると、いつの間にかコーナーに追いこまれていた私の両側に手をついて、クリスが行き場を塞《ふさ》いできた。

そして、大きな体を屈め耳元に顔を寄せると、今度ははっきりと囁《ささや》いた。

「……君たちは〝偽装結婚〟なんでしょう？　この危機を僕が救ってあげたら、チアキから奪えるんじゃないかと思ったけど、やっぱり正攻法では難しそうだなぁ」

体中から血の気が引いて、呼吸を止めたまま、ゆっくりと顔を上げる。

そこには、狩人のような鋭い眼差しで私を見下ろすクリスがいた。

「クリス……？」

「――なにをしているんですか」

そのとき。怒気を含んだ声とともに、クリスの体が引き離され、視界が見覚えのある背中でいっぱいになった。

「千秋さん……」

間に体をねじこんできて、私を守るように背後に隠してくれた。

「くり、す……？」

同時に驚いたような声。

そうだ。彼はこのキラキラ度ゼロパーセントのクリスと会うのははじめてだ。私が見知らぬ男性に絡まれているように見えたのかもしれない。でも、今はそれどころじゃなくて……

「……ちょうどいいところに来た、チアキ。今、サクラのことを口説いていたんだ。やっぱり諦められないから一緒にカナダに来てくれって」

「なにを言って」

——そんなことは話していない。ちがう、クリスは……

「偽装結婚なら、僕が遠慮する必要なんてないだろう？」

千秋さんの訝しげな声に被さったクリスの声を聞きながら……私たちふたりの呼吸が止まったような気がした。

やっぱり聞き間違いなんかじゃなかった。どうしてなのか……漏れてはいけない私たちの最大の秘密が、漏れてしまった。

「……なにを根拠にそんなことを」

千秋さんが動揺を感じさせずに切り返したが、クリスは冷静に私たちを見据えたまま「これ聞いてくれる?」と囁《ささや》き、自らの腕時計型端末《ウェアラブルデバイス》を操作した。

タップして数秒後、私たちしかいない静かなフロアでその音源が再生される。

【……普通じゃないですよ。千秋さんが偽装でも私と結婚してくれなきゃ、成り立ち——でした……】

ところどころ雑音が混じるが、それは、まごうことなく私の声で、図書室で私が千秋さんに言った言葉だった。喉元に刃物を突きつけられた気分になる。

「……これ、すごいでしょう? レノックスから出ている僕が開発した商品なんだ。高性能の集音力で、社内図書室で聞こえてきたかすかなサクラの声を記録できた——」

クリスは私が社長室に忘れていった書類を届けようと廊下を探し歩いていたら、図書室から会話が聞こえてきたらしい。

もしかしたらと思って入室した矢先、この事態に出くわしたのだという。

あの翌日、千秋さんから忘れた書類を渡されたことを思い出しながら、私は痛いほど鼓動が早鐘を打つのを感じた。

「妬いているチアキが可愛いから、あとでからかおうと思って記録していたのに、まさかあんな話になるとは思わなかった。このまま秘めているのが君たちのためなんだろうが……偽装してる君たちに遠慮できるほど、僕はデキた男じゃないよ」

これは明らかに、安易に口にしてしまった私に責任がある……どうしよう。

いつの間にか震えていた手を、大丈夫だと言わんばかりに千秋さんがそっと握りしめてくれた。

「それで、脅すつもりですか？」

千秋さんが腕時計型端末を見ながら冷静に返すと、クリスの目がカーブを描く。

「そうだね、時間がないし、もう手段を選ぶつもりはないよ」

そして、意味深に緩めたその唇から、意外な思惑が語られた。

「僕は今回、君たちの企業との事業について、最大限グレンと良好な関係を築くことを約束している。言いかたを変えれば、サクラのオモテナシでグレンが機嫌を損ねたとしても、仲を取り持つように尽力するということだ。友人である僕にならそれは可能だからね……？　だが僕は、サクラの選択によってはそれを放棄しようと思う」

「選択って……」

私を見てクリスが淀みなく答えた。

「サクラをレノックス《うち》に引き抜く」

「――――！」

まさか、そう来るとは思わず、息を呑む。

世界的なトップ争いの中にいるうちの企業では、そういったことは珍しくない。しかし、これはクリスの極めて個人的な事情で、私の能力を買われたわけではない。確実に、私たちを引き離すためだけのものだ。

クリスは真っ青になる私を見据え、さらに言いつのる。

「悪いが、僕はサクラみたいな意気込みの強い新米秘書に、グレンを満足させるのは無理だと思っている。グレンは鋭敏なやつだ。相手側の意欲が高ければ高いほど、やつはどんどん冷めていく。素性だって、グレンと親しい僕ですらほとんど知らないんだ。サクラやチアキが調べたところで、わかるわけがない」

クリスの話を聞きながら、私の手を握る千秋さんの手が何度かピクリと動いた。

「サクラが大人しくレノックスに来てくれるなら、これまで通り協力しよう。でも、そうじゃないなら……オモテナシの失敗で立場が危うくなった君は、会社にいられなくなるかもしれない——」

究極の選択を迫られ、ごくりと喉が鳴る。

要は、ここで引き抜きの打診を受けなければ、事業への協力はしない、と言いたいのだろう。

そして、失敗で立場の悪くなった私を、音源で脅してでも意のままにすると……

口調は穏やかだが、クリスの目は真剣で、立場を投げ出すような覚悟が伝わってくる。

どっちを取っても私たちを引き離すつもりだ。あんな音源まで聞かされて、手も足も出なくなる。ゆくゆくは離縁を迫られるのかもしれない。

でも、それ以上に辛いのは——

「——なんていうか、私たちをバカにした、非常に悪質なやりかたですね」

ずっと黙って聞いていた千秋さんが、沈黙を破った。

「バ、バカに……？」

「それも、選択肢がひとつ足りないようです」

千秋さんは、隣にいた私の肩に労わるように手を添えて、引き寄せる。そして、話の意図をつかめていないクリスに向かって、鋭く指摘した。

「『クリスのフォローなどいらない』という、私たちの選択肢が、足りません」

クリスが大きく息を呑んで目を見開く。

いや、クリスだけではない。私も目を見開いた。

――ちあき、さん……それって……

「確かに我々本社の人間は、あなたに仲介を依頼しましたが……私たちは、彼女を信頼して今回の任務を任せました。あなたの心配や手助けなどなくとも、なんの問題もありません。つまり、脅しは成り立たない」

力強い言葉から、触れる手の力強さから、心からの言葉だと伝わってきて、心が震えた。

「偽装結婚で困惑させたことは謝罪しましょう……しかし、今の俺にとって彼女はなによりも大事な存在です。そんな彼女を軽視するような発言は、聞いていられない」

冷え切っていた心は、いつの間にか温かさを取り戻していた。

千秋さんは静かにそう告げたあと、「行きましょう」と私の背に手を添え、その場から離れようとする。

「ちょっと、チアキ――」

千秋さんはクリスの声を無視して、そのまま図書館をあとにした。

第十一章　悪いことをしたとは思っていない

その後、千秋さんはいつもの調子で『食事に向かいます』と言うと、予約しているホテルへ向かった。

車窓から雨の降る街を見て、私の心は取集がつかない状態だった。

――まさか、私の不注意で、こんなことになってしまうなんて。

クリスの前から立ち去った直後、彼は急いで謝罪しようとした私の言葉を遮《さえぎ》った。

『ひとまず、ここを離れましょう』

一刻も早く謝りたいのに拒まれて、どうしていいかわからなかった。

そのまま十分ほど車に揺られ、なかなか予約が取れないと言われる格式あるホテルの高層フロアのレストランに到着した。

楽しみだったフルコースのディナーは、落ち着かないまま食べ終えた。

客室に入ると、表情が硬いからとバスルームでリラックスしてくるようにと促された。

よほどひどい顔をしていたに違いない。

そうして、落ち着きを取り戻しバスローブを着て部屋に戻ると、ようやく謝罪の機会が訪れた。

千秋さんは、ガラス窓の前で都内の夜景を黙って見下ろしていた。

濡れた黒髪を揺らし、同じホテルのバスローブを纏っている。彼も、私が入っている間にホテルの大浴場へ行くと言っていた。

「桜さん」

千秋さんが私に気づき、手招きをする。

あんなことがあったというのに、千秋さんはいつもと変わらぬ様子だ。いや、それどころか、どことなく楽しそうにも見える。私を気づかっているのかもしれない。

「あの……話が」

平謝りしたい気持ちを堪えながら近づく。

「――早くこちらへ」

手を引かれ、ガラス窓の真ん前に連れていかれる。

「えっ、あのお――？」

「話はあとで。一旦、外を見ていてください」

千秋さんは話を遮《さえぎ》って、ガラス窓の向こう側を指差す。仕方なく言われた通り隣に並んで、同じホテルのソープの香りにドキリとしていると。

ヒュルル……という甲高い音が耳を走り抜ける。それから瞬く間に、ドーン！　と夜空に大きな光の花が咲き誇った。

「わっ……！　花火っ……！」

予想もしなかったことに、口を開けたまま見とれる。

景気のいい音とともに、色とりどりの閃光を放ちながら、次々と巨大な菊型の花火が炸裂する。まるで、手を伸ばせば届きそうなほどの近さで。途方もない空を圧倒するように、色鮮やかな花々が咲き乱れた。

「近くにテーマパークがあって、閉園の際にいつも打ちあげているそうです。さっさ雨が降っていたから今夜は見られないかと思ったが……見せられてよかった」

千秋さんは部屋の照明を落としながらそう囁《ささや》き、感動に浸る私を傍にあったカウチへ促してくれた。空は少し雲が残っているが、雨は止み充分に花火が観賞できる具合だった。

これを見せるために、ここに連れてきてくれたんだ……

罪悪感でいっぱいだった心が、千秋さんの優しさによって、少しずつ綻《ほころ》んでいくような気がした。

そして、想いが募る。

――ちゃんと伝えなきゃ。

さっきからずっと言えないでいた気持ちの蓋を、ようやく開けた。

「千秋さん……こんなことになって本当に――」

『すみません』と口にする前に、さらりと揺れる漆黒の前髪が近づいてきた。そして、ふわりと優しく私の言葉を遮《さえぎ》る唇。何度か甘く噛みついて唇を濡らし、すっと離れていった。

「謝罪は聞かない。あれは、あなたのせいじゃないでしょう」

優しくて静かなその感触と声に、鼻の奥がツンとする。

「え……でも、私が軽率に口走ったから、利用されることになって――」

「先に嫉妬で図書室に連れこんだのは俺だし、別にあんな脅し文句、痛くも痒くもない」

〝嫉妬〟というのは初耳な気がするけれど……千秋さんはなんてことないように、私の洗いたての長い髪を綺麗な指で梳いてそう言い聞かせてくれる。

「だから……そんな申し訳なさそうな顔しなくていい」

ぜんぶ、ぜんぶお見通しだ。

あまりにも優しい表情で私を見るものだから、いろんな感情が込みあげてきて、ぐっと唇を引き結んだ。

「でも——」

「それに、〝こんなこと〟ってなにも変わっていないでしょう。仕事に私情を交えて脅してくるのは言語道断だが、あなたに求められているのは、いつものように仕事を全うすることだけです」

——いつものように。

千秋さんは、さっきも私の悲鳴を上げていた心を救いあげてくれた。

『……私たちは、彼女を信頼して今回の任務を任せました』

偽装結婚を暴かれたことも、引き抜きを持ちかけられたことも……どちらも怖くて仕方なかった。でも、心が一番痛んだのは、自分の可能性を否定されたまま話が進んでいくことだった。

千秋さんはそこを守ってくれた。

「……俺は、さっきも言った通り、はじめから無謀だと思うものを、できないと思う人に任せない。クリスがなんと言おうと、あなたは自信をもって、やり切ればいい」

頬に手を添えられ、ゆっくりと顔を上げられる。

泣いてしまいそうだった。そこには眼鏡の奥で優しく微笑み、私を愛おしそうに見つめる大好きな人がいる。

「失礼極まりないことを言ったクリスを、見返してやりましょう」

……千秋さん。

窮地に追いこまれても、こうして冷静に物事を分析し、私の不安を根こそぎ包んでくれようとする彼は、本当に……優しくて強い人だと思う。

自信を持てと安心させる声色に。眼差しに。心の中が熱いもので、いっぱいになった。

「だいたい、クリスにバレたのがあなたのせいだと言うなら、偽装結婚を持ちかけた俺はどうなるんだ」

「それとは別じゃ――」

「別じゃない」

ぐいっと腕が引かれて、私たちの距離は、あっという間にゼロになる。

バスローブ越しの堅い胸から、彼の強い鼓動が私の耳に届いた。

「……もとより俺は、あなたやクリスには悪いが――悪いことをしたとは思っていない」

「どういうこと?」と目を瞬かせると、千秋さんは、私の顔にかかった髪を整えながらゆっくり答えていく。

「前にも言ったと思うが、通常の俺なら、いくら偽装でも〝結婚〟なんて、まず思いつかなかった……。結婚や交際などよりも、仕事に身を捧げるほうが有益だと思っていたから。――でも、そんな価値観が覆ったのはほかでもない……桜さんの純真な気持ちと、ふたりの軌跡があったからでしょう？」

大きな手のひらで、私の頬を、心ごと優しく包みこんで視線を合わせてくる。

彼が紡ぐひとつひとつの言葉が、魔法みたいに体中を甘く震わせた。

「はじまりは確かに偽装だった。でも、あなたを知りたいと思った気持ちも、その結果わかった俺の気持ちも、そして今の関係も……なにひとつ嘘ではない」

涙ぐみながら、眼鏡の奥の慈しむような眼差しを見つめ返す。

「――だから、この結婚がたとえ誰かを傷つけていても……俺は、あの日あなたをミーティングルームに呼び出したことも、偽装結婚を持ちかけたことも、間違っていたとは思えない」

……ちあき、さんっ。

「……きっちり仕事を全うし、あなたの実力を見せつけた上で、彼にはひとり寂しく帰国してもらいましょう――」

抑えきれなかった涙がポロリとこぼれるとともに、渦巻いていた不安とか焦燥感とか自信とか、悶々《もんもん》とした薄暗い気持ちが、すぅ……っとどこかへ消えていったような気がした。

「……うん、ありがとう千秋さん」

――誰よりも、信じてくれている。

ぎゅっと首元に抱きつき、自然と顔を寄せ合って、夢中でふたり唇を繋げ合う。

はじまりは、お見合いの拒否とか。偽装結婚とか。突拍子もないものだったかもしれない。

でも、それでも。私たちは、今確かに思い合っていて。信頼し合えている。

それは、この一緒に過ごした期間なしでは、得られなかったものだ。

こうして一緒にいられる〝今〟を、千秋さんも同じように……大切な宝物のように扱ってくれるのが、嬉しくて仕方なかった。

瞬く間に口内を暴かれ、舌を絡めて深く触れ合う。

ちゅっ、ちゅっ、と唾液の吸われる音を耳にしながら、淫らな気分になるのを止められなかった。

「これじゃ、足りない……」

「んっ……」

先に音を上げたのは、千秋さんだった。千秋さんはキスをしながらカウチからソファーに移動し私を組み敷いた。

花火なんてとっくに終わっていて、窓から差しこむ静かな夜景の煌めきが、目の前でバスローブを肩から落としていく均整のとれた裸体を縁取る。

何度見ても綺麗で……見惚れる。

「情けないかもしれないが……どんなにあなたの気持ちが俺に向いていても、ほかの男に好意を持っているのを目の当たりにすると、すごく……余裕がなくなるな……」

それから、切羽詰まったように私のバスローブの紐を解く千秋さんからそんな言葉が聞こえてきて、私は目を瞬かせた。

「……え？　そう、ですか？　いつもと変わらず落ち着きはらっていたような――ぁっ……」

「そんなわけない。迫られているのを見たとき……気がおかしくなりそうだった」

答え終わらないうちにそっと合わせを開かれ、この日のために新調した淡い桃色のブラとショーツが露わになった。

「似合っている」と褒めながらも、あっという間にするすると両手足から引き抜かれ、カウチへ落とされる。そして、やわやわと胸を揉みしだかれた。

「あ……ぁん……っ」

クリスと対峙したときの彼は表情も応対も変わらず冷静だと言おうと思ったが、その手付きは確かにいつもより熱くて忙しくて、余裕がない。

ぷっくりと勃ちあがった乳首をクリクリと指先で転がしては、口に含まれ味わうように舐め転がされる。蕩《とろ》けそうなほど熱く、そこからも彼がいつもより興奮していることが伝わってきた。

甘い独占欲にうっとりしていると、千秋さんが胸を吸いあげながら剥き出しの蜜口にそっと触れた。

「できることなら、どこかに閉じこめて……俺だけのものにしておきたい」

「ぁ……」

胸を愛撫されただけで、私のそこはすでに潤っていた。

「とろとろ」と耳元で恥ずかしいことを指摘しながら、千秋さんは秘裂に沿って長い指を上下させる。

「ぁあ……んっ……、はぁ……」

くちゃくちゃとネバついた音を立てて、秘口がなぞられる。たまにナカへ指を浅く入れつつ、こぼれる蜜を指に纏わせ陰唇を撫でられた。

「ぁ……ちあき、さぁ」

もっと……奥を触ってほしい。腰をよじらせ強請《ねだ》ると、くすっと微笑んだ彼にふわりと体が抱き起された。

「まだですよ……もっとよく感じている顔、見せて」

荒い息を吐いた千秋さんが、ソファーの背もたれに私の背中を押し付け、そのまま足を押し広げる。

恥ずかしい格好をさせられ、羞恥に震えるよりも早く、眼鏡を外した千秋さんがソコに顔を近づけてきた。

「えっ、あっ、やぁ……っ」

この瞬間はいつもダメって思うのに、唇が触れると思考が蕩《とろ》けてしまう。

内太腿に舌を這《は》わせ、何度も吸い付いてくる。たまにピリッと痛みが走り、キスマークをつけられたのだと察した。

それからねっとりとショーツラインを啄《ついば》みながら、敏感な場所を避けて舌でねぶられた。

明らかに焦らすような動きに腰が震え、とろりと蜜がこぼれた。

――あぁ、だめ、焦れている……

そう悟ったとき、吐息がふわっと秘所にかかり、ぷっくり腫《は》れあがった花芽をレロリと舐められた。

「ひぁあっ……！」

ビクンと背中をソファーの背に押し付け、千秋さんのサラサラの髪を両手で掴んでしまう。

「かわいい」

千秋さんはなにか呟いたあと、両手で太腿と押し広げたまま、わざとえっちな音を立てむしゃぶりつく。

溢れる蜜をじゅるじゅるすすり、蜜道にはぐちゅっと熱い舌をねじこまれる。ナカを縦横無尽に口淫されると、もうはしたない声が止まらない。

「っああ……んぅ――、ああっ……！」

恥ずかしい格好をさせられたまま、腰が揺れる。

その反応が彼の欲をさらに煽ったようで、舌で花芽や蜜を舐めとりながらぐしょぐしょにぬかるんだ溝に指で触れられた。

「やあぁ……！　りょうほう、は……っ」

千秋さんは感じ入る私を愛おしそうに見つめ、丸見えになっている割れ目を焦らすように浅く抜き差し、何度も上下に撫であげる。

「誰があなたを悦くしてるか、ちゃんと見ていて……」

そして、甘いお強請《ねだ》りとともに浅く出入りを繰り返していた指が、蜜を纏いながらズブズブ……

とナカに挿ってきた。

「ぁっ、あぁ……！」

私のよりも太くて長い指が狭い蜜道を掻き分けて、奥へ入りこむ。指の付け根を押し当てられて馴染ませるように前後されると、目の前がチカチカと霞《かす》んだ。

「すごい食い締めている……そんなにきもちいいんですか？」

感じやすい一点をとんとんと刺激しながら、千秋さんがわかりきったことを尋ねてくる。

親指で陰核をこねられて、したたる蜜まで舌で舐めとられると、もう、なにも考えられずに、強請《ねだ》るように自ら足を広げてしまった。

「やぁ……んぅ……っ、きもち、いい」

悦すぎて、達《い》ってしまいそう……

千秋さんの息を呑む気配と同時に指が二本に増え、粘膜が泡立つような音を立てながらナカを蹂躙する。

瞬く間にガクガクとナカが戦慄《わなな》くが、そのとたん、刺激が弱まり絶頂が遠のいた。

──っ……達《い》きそうだったのに……

何度かその行為を繰り返したあとで、足の間から覗くニヤリとした千秋さんと視線が絡んで、意図的であることに気づいた。

──焦らしている……っ。

「んぅ……ちあき、さん……！」

たまらず声を上げると、千秋さんがナカを掻き回しながら「どうしたんですか？」と掠れた優しい声で意地悪を囁《ささや》く。

わかっている癖に。意地悪な彼は焦らして私に恥ずかしいことを言わせるのが、好きだ。

足の間からは、眉目秀麗なお顔と彼の引き締まった腹筋が見える。その下では、ボクサーパンツから屹立が大きく張りあげ先走り液を滲《にじ》ませていた。

自分だって……あんなになっているのに……

見つめるだけで、ヒクヒクとナカが疼《うず》くのを感じた。

「もう、たり――……ひゃんっ」

指では足りない、と伝える前に、ナカの指がくいっと曲がり腰が飛びあがる。

「……もう、やめてほしい？」

「ん、ぁあっ……ちが、くてえ……っ」

恨めしく思いながらももう一度口を開こうとすると、今度はキスで口を塞《ふさ》がれた。

ねっとり舌を絡められ、こぼれた唾液を舐めとられる。たまに指で花芽を弾かれると、快楽が限界まで煽られた。

彼の首に腕を巻き付け、自ら舌を絡ませ口内を深く貪る。

背中を引き寄せ、欲しいという気持ちが伝わるように。

そのたびに彼の体が、小さく震える。

「……こういうときは、なんていうの？」

ようやく言わせてもらえるらしい。長いキスのあと、耳元に吐息が触れる。

コクリと喉を鳴らしながら、欲望が溢れる。太腿に触れる彼の大きく張りあげたボクサーパンツの先端にそっと手を伸ばした。

「んっ……ちあきさんの、ほしい……」

手のひらで包むように触れて懇願すると、彼は目を細めて笑った。

「――こら、それは、煽りすぎだ」

とたん、千秋さんは燃《も》え滾《たぎ》った剛直を取り出し、準備していた避妊具を素早く装着する。

そのまま、開いていた足の間に突き立て、一気に最奥まで貫いてきた。

「あっあぁ――……っ！」

ようやく蜜道が求めていた灼熱の質量に埋められ、全身がガクガクと痙攣《けいれん》し頭の中が真っ白に染めあげられる。

「っ……そんなに締められると、俺ももちませんよ」

千秋さんは構わずガンガン腰を振りたくり、痙攣《けいれん》する膣内を容赦なく剛直で犯してくる。

「あっ、あぁあ！　まってぇ、達《い》ってるっ！　達《い》ってるから……ぁあぁ！」

脳が蕩《とろ》けるような快感にどうしていいかわからない。喉を逸らし腰をよじらせると、千秋さんがさらに気をよくしたように、私の腰を持ちあげ奥深くを狙い撃ちしてきた。

「っ……その顔……すごく、興奮する」

背中が浮いて、子宮口がズンズン先端で押しあげられる。

「はぁ……あっ、ああ！　やぁあ……！」

ソファーがギシギシ軋み、ふたりの激しい息遣いと、ぐっちゅぐっちゃと淫靡な音が客室に響く。

まるで獣の交尾みたいに一心不乱に腰を動かす千秋さんは、いつもの冷静さが想像できないくらい壮絶な色気に溢れていて、雄の顔をしていた。

高まる快楽とともに、さっき千秋さんが言ったことが頭をよぎった。

『もとより俺は――悪いことをしたとは思っていない』

律動を感じながら、背中を抱きしめると、私も自然と気持ちが溢れてきた。

「わたしも、……同じきもちっ」

ぎこちなく呟くと、千秋さんが剛直を叩きつけながら、快楽で歪んだ顔を私へ寄せる。

「……何度、あの日に戻っても……好きって、言うよ」

ミーティングルームで彼に告白したこと。偽装結婚を快諾したこと。ぜんぶ。ぜんぶ。私だって、同じなんだから。

「私も、自分に、感謝しているの――」

言いたいことを察した千秋さんは、私の耳元で深く息をついて、興奮しきった声で囁《ささや》く。

「……今そういうこと言うの、反則です」

「ぁあ！　ひあぁ……っ！」

千秋さんはピストンを加速させながら呻《うめ》き、勃ちあがった花芽を親指で押しつぶしてくる。

「っ……俺を口説き落としたからには諦めて、俺だけをずっと愛してくださいね――桜」

グリグリこね回されながら、ナカも容赦なくを熱棒に犯される。叩きあげられるように一気に快感が迫ってきて、全身がガクガク痙攣《けいれん》しはじめた。

「あぁっ、達《い》っちゃぁあぁ――……」

強すぎる快感が全身を覆い、私は光が瞼《まぶた》の裏で瞬くような感覚を覚えながら達《い》ってしまった。

恍惚としたまま意識を手放しそうになった瞬間、私のナカで暴れていた熱棒が大きくふくれあがるのを感じた。

「――あっ……くっ」

千秋さんは何度かぱちゅぱちゅ腰を叩きつけたあと、吐息を震わせながらゴムの膜の中に射精した。

私はパタリとソファーに倒れこみ、荒くなった呼吸を整える。

処理を終えたあと、千秋さんが抱きしめて労わるようなキスをくれた。

先ほどの激しさが嘘のような、優しくて穏やかな波のようなキスだった。

「パーティーが終わったら……」

「……へ？」

最中、なにか聞こえたような気がした。首を傾げて見つめたが、千秋さんは「いや……」とごまかすように私のおでこに口づけ、よいしょと私をお姫さま抱っこした。

「わっ……！」

「体を痛めるといけないので、次はベッドでシましょうと言ったんです」

――つ、つぎ……？

そんなこと言ってなかったような気がするんだけど、ベッドで組み敷かれ、避妊具を装着する彼を前にすると、体が疼《うず》き期待で胸がふくらんでしまう。

「……明日、千秋さん、会食ありませんでしたっけ……？」

「そうですね……だから、桜を補給させて」

夜のこの時間だけ囁《ささや》かれる、私の名前。そんな風に可愛く求められたら、拒めるわけがない。

肌を絡ませながら、シーツの波に沈んだ。

◇

【――ピロン】

翌朝、スマートフォンの通知音により、私は目覚めた。

時刻は七時。遮光カーテンの隙間から朝日が差しこんでいて、ベッドルームに光の筋が走っていた。

あれからまた体を繋げているうちに、意識を手放してしまったみたいだ。千秋さんは後ろから私を抱き枕のようにしていて、背後からスースーという寝息が聞こえてくる。

一緒のベッドで眠るようになってからは、目覚めるとこのポジションにいることが多い。彼曰く、私を抱いて眠ると、とても安心して心地いいのだそうだ。実感するたびに、ニヤニヤしてしまう。

千秋さんを起こさないように手を伸ばし、ヘッドボードのスマートフォンを取る。タップしてスクリーンを確認すると、リサーチの一環でフォローしていたグレン氏が、どうやらSNSで写真をアップしたらしい。見逃さないよう更新と同時に通知が来るように設定していた。

――また、名店のスイーツ購入報告だ。

あとでもいいのに、私は寝ボケ眼で投稿内容を確認した。

グレン氏はとてもミーハーのようで、美味しいと話題に上ったものはすぐに取り寄せ、写真と感想をアップする。今回もそうだったようで、オシャレなショップ袋とともに、部屋で撮影したと思われる彫りの深く凛々しい顔立ちのセレブ男性が満足そうに写っていた。

……きっと、このあと掲載される感想は、〝言わずもがな〟だろうけれど。

こうやってSNSや経済誌や週刊誌などを使ったリサーチは継続中だった。でも、彼を攻略できそうなこれといった情報はまだ見つかっていない。

時間はどんどんなくなってきている。

あらかじめ企画していた参加者全体向けの料理に関してはすでに準備を進めているが、グレン氏に食べてもらう予定の五品は足踏みしている状況だ。

『……オモテナシの失敗で立場が危うくなった君は、この会社にいられなくなるかもしれない――』

昨日国立図書館でクリスに言われた言葉が頭をよぎり、ヒヤリとする。

――大丈夫、まだ時間はある。

千秋さんの励ましがあって前向きになったけれど、単純な私でも恐怖心に似たプレッシャーを感じるようだ。その落ち着かない気持ちを埋めたくて、早朝から通知音に反応してしまったのかもしれない。

あれこれ考えていると、

「……こんな朝早くから、仕事ですか」

セクシーな掠れた声が鼓膜を震わせ、お腹に巻き付いていた腕に力が込もった。

振り向くと、たった今眼鏡をかけた彼が画面を一緒に覗きこんでいた。

「……千秋さん、すみません。起こしちゃいましたね」

肩越しに謝罪すると「構わない」と微笑み〝おはよう〟のキスが降ってくる。

「昨夜だって眠るのが遅かったのに……休めるときは休まないと体調を崩しますよ」

遅かったのは千秋さんのせいなのだが……優しく気づかいながらも、彼は上体を起こしバスローブを羽織《はお》る。そしてなぜか、ベッドルームを出ていってしまった。

「千秋さん……？」

戻ってきた彼の手には、ノートパソコンがあった。きっと急な仕事のために持参していた私物だろう。

「――と言っても、どうせあなたは聞かないでしょう？　そんな小さな画面では、情報を見逃すだけです。これを使ってください」

私がリサーチを続けることを見越し、貸してくれるらしい。

私は慌ててバスローブを羽織《はお》って、ありがたく拝借することにした。実際、スマートフォンでは、画面が小さく見えにくい。

「……ありがとう、ございます」

「昨日クリスに言われたことに腹立たしさを覚えているのは、同じですから」

「腹立たしさって、ふふ」

優しい心遣いに触れて、心の隅にあった焦燥感やプレッシャーが和らぐような気がした。

——応援してくれているのが、伝わってくる……

ありがたく拝借して、サイドボードでパソコンを起動する。さっきの画面を開いてふたりで覗きこんだ。

昨日のデートで確認できていなかったブログやＳＮＳ投稿にも目を通させてもらった。日によって投稿数はまばらだが、グルメな彼は、割と多くの写真をアップする。アカウントが作られたのは十年前。まだ五年ほど前までしかさかのぼれていないが、投稿数は膨大だ。

——そうしてふたりで確認していると、昨日の投稿を開いた瞬間、千秋さんがピクリと反応した。

「……どうしました？」

なんの変哲もない、グレン氏が友人からもらったお土産をアップしている写真だった。それも食べ物ではなく、ちょっと変わった趣味を窺わせる木彫りの人形だった。

後ろから伸びてきた千秋さんの手がスクリーンをタップし、写真を拡大する。

どどん！　とアップになったのはやっぱり木彫りの人形……ではなく、その横、彼の背後にあるフレームだった。

「それは――」

写真立ての端だろうか？　小さくてよく見えないがわずかに写りこんでいる。

ネット関係のリサーチは、隙間時間でできることから、スマートフォンを多く使用していた。光の加減や背景の壁紙との関係で、そのときはちっとも気づかなかった。

千秋さんは引き続き、写真をひとつひとつクリックし、また写真の隅々まで確認しながら、彼の考えを聞かせてくれた。

「スマートフォンは手軽に確認できる反面、画面が小さいから情報を見落としてしまうことがあります。ＳＮＳやブログなども含め、写真などを確認するなら、パソコンのほうがいい」

千秋さんの言う通り、小さな画面では見にくかった部分が拡大され見やすくなっている。

また、その指摘で、私はふたりの目の付けどころが違うことに気づいた。私は〝写真〟というよりも、文字と写真という〝全体図〟から情報を得ようとしていた。

「……私、全体図ばかり見ていて、写真を隅々まで見ることをしていなかったかもしれません」

今私たちが見ているＳＮＳサイトの特徴は、文字と写真を一体化させた投稿ができるということ。

写真はスマートフォンでは小さくて見にくいし、記載文が長ければ長いほど画像のインパクトは薄くなる。だが、私は主に記載文に目を通し、関連してそうなものだけ、写真をチェックしていた。

それも多くがスマートフォンで。

今の千秋さんのやりかたを見ていると、それでは足りなかったのかと思えてくる。

「写真は一番の情報源ですよ。特に無意識に撮影されたＳＮＳやブログの写真は、個人情報の宝庫だと言われるくらい、その人の情報が隠れています。本来、素性を知られたくない人間は部屋の中なんてアップするべきではないんです……」

静かな眼差しが私を射貫き、私の心に明るい日差しが差しこむ。足元からじわじわと、力強いパワーのようなものが湧きあがってきた。

「千秋さん、私……！」

大きなものを見落としているような気がした。思い当たる節があった。

千秋さんのほうを体ごと振り向いたそのとき、どうしてなのか見ていたパソコンが取りあげられ、瞬く間に片づけられてしまった。

「――はい、ここまでです」

「ええっ⁉」

早すぎる中断宣言に、未練がましい声が出る。

貸してくれると言ったのは千秋さんだし、それにこれからってときじゃなかった……？

「……いくら情報収集の一環でも、ほかの男の話はもう終わりです……今はまだ〝デート〟の途中で、この時間は俺のものですから」

そんな可愛いことを言われたらひとたまりもない。

千秋さんは、面白くなさそうな顔で言ってのけると、私がなにか言う前に眼鏡を外し顔を近づけてくる。

角度を変えて、柔らかく食むように……でもしだいに、それだけでは足りないというように舌が入ってきて、体が熱くなるのはすぐだった。

ふたりの呼吸が荒くなった頃、唇が解放された。

「――当日、楽しみにしていますよ……」

「ぁ、なにして……っ」

ベッドに押し倒され、首筋に濡れた熱い唇が触れる。

仕事でいっぱいだった頭が、淫靡な気持ちに書き換えられていく。

私はその背中に手を添え、残り少ないデートの時間を堪能することにした。

――そうして、私がひとつの事実にたどり着いたのは、それから数日後のことだった。

第十二章　それは絶対に認められません

十一月に入ると一気に空気が冷え、首を竦めるような寒さが訪れた。

別荘で過ごした秋の気配はどこにも残らなくなって、冬服でも肌寒い日がちらほらはじまる。

千秋さんとはあの日以降、またすれ違いの日々が続いている。

お互い繁忙期の忙しさに加え、パーティーの準備。彼に至っては、クリスのフォローもある。まさに猫の手も借りたい忙しさである。

そんなちょっとだけ寂しい日々を、全力疾走で駆け抜けること、ひと月半。

とうとうこの日がやってきた。

「桜～、ゲストのリストここに置いておくわね。それと、ちょっと空調の温度を上げてもらいましょうか……今日も冷えるわね」

「ありがとう友子。リストは貼っておくね」

レセプションパーティー当日の、開場数時間前。私はなんとも落ち着かない心境で、会場内の最終チェックや準備に勤しんでいた。

英国で開花したジャコビアン様式の優雅な外観と、お城のような庭。螺旋階段のついた吹き抜けのホール。まるでファンタジーの世界から出てきたような洋館だ。

ここは、会長が所有する、都内の別邸。

本日のレセプションパーティーは、世界的なアピールの場だからと、会長自らここを会場にと申し出てくれた。

デートをした別荘に続き、こんなところまで所有しているだなんて、旧財閥の資産力はいったいどこまで異次元なんだ……

私たち秘書室の面々と担当役員は、そんな異国のような洋館で、朝から委託業者とともに最終準備に励んでいる。

今日の私と友子の担当は、ロビーの受付カウンターだった。スタイルのいい友子は、シックで細身のマーメイド型の黒ドレスに身を包んでいる。対して私は、あとに同行が控えているのもあって、上品なネイビーのワンピースドレスでいつもより大人っぽく決めた。

カウンターから見あげると、ロビーの中央には会長の大切な薔薇《ばら》たちがうちの社のロゴの鷲を囲ったオブジェがある。

千秋さんからデートのときに聞いていた、大きな薔薇《ばら》の花オブジェ。

言葉では表せないくらい綺麗で、鼻孔をくすぐる香りがここ数日落ち着かない鼓動を優しく包んでくれるような気がした。

「――で、今日の自信のほどは？」

受け取った招待客リストをセットしていると、友子が聞いてくる。

グレン氏がパーティーに来ることになった件は、秘書室で大きな話題になっていた。そして、私がパーティーのメニューの担当になったことも。

負けん気の強い親友は、今日まで何度も励まし、相談に乗ってくれた。

「やるだけのことはやった。あとは、オモテナシするのみだよ」

そうこなくっちゃと笑った友子と拳を突き合わせて、引き続き準備に取りかかった。

国立図書館でクリスに言われたことを思い出すと、今でも身が竦むような気持ちになる。

クリスとはあれ以来、ほとんど顔を合わせていない。たまに遠くから見かけたくらいで、頭を下げるくらいだった。

見た感じ、千秋さんはツンケンしながらも、なんら変わりなくやっているようだった。

そして、本日は肇社長にお願いして、挨拶《あいさつ》に同行させてもらう約束をしている。

私はフランス語を話せないので場違いかもしれないが、しっかりと前を向いて成果を見届けたい。


開場すると、カウンターには多くの人が押し寄せる。

招待客には、予定通りの豪華な顔ぶれがそろっている。それもあって、リストにないお客さまは通せないことになっている。招待状の提示を求め、中へ案内するのが私たちの仕事だった。

「いやぁ、國井さん、久々だねぇ……！　招待ありがとう」

「お世話になっております、本日はごゆっくりお楽しみください」

見知った顔ぶれも多い。作業をしながらも、気配りと笑顔は欠かせなかった。

——だけどこの応対中、予定外のことが起きはじめた。

招待客が途切れた瞬間、友子に耳打ちされた。

「ねぇ、桜……あの人、ちょっと怪しくない？　ずっと下向いてて、動きがおかしいの……」

友子の視線の先を追うと、ロビー中央に聳《そび》える薔薇《ばら》のオブジェの陰にあるベンチ。大きなオブジェが邪魔してここからでは見えにくいが、真っ黒いコートを羽織《はお》った男性が、背筋を丸めなにかをしているのが見えた。下を向いて、普通の人と違う動きをしているのはわかる。

「……受付もしないでずっと座っているの……怪しいわよね」

エントランスに到着した多くの人は、スムーズに受付を済ませ、ホールのウェルカムドリンクに向かう流れだ。見知った顔ぶれに挨拶《あいさつ》する参加者同士も見かけるが、だいたいがすぐにホールへ向かう。確かに一見不審だ。

だが、私のいる場所からさらに首を伸ばすと、必死になにかを探しているようにも見えた。怪しい人というよりも焦っているように見えて……なんとなく、ほうっておいてはいけないような気がした。

「私、声かけてくるよ……」

「警備員のほうが……」

「なにかあったら、コレで連絡する」

連携をはかるために、一部のメンバーにはインカムが配られている。ソレを指差し、その場を友子やほかのメンバーにお願いして、カウンターをあとにした。

ぐるりとオブジェを回りこんで、男性のもとに駆けつける。

「お客さま、どういたしまし……」

だけど駆けつける最中に気づいた。

男性は、黒いジャケットを羽織《はお》った、洗練された英国風の老紳士だった。クリスと同じ色の髪、瞳の。

――この男性……

顔写真入りのリストを見て、招待客の顔はあらかじめ覚えてきた。

お会いするのははじめてだが、クリスのおじいさまじゃ……？

ゼエゼエと苦しそうに胸を押さえ、なにやら必死でバッグの中を探っている。

――発作だろうか……？　だとしたら、薬？

私は英語に切り替え「失礼します」と横から手を出し、代わりにバッグの中を覗かせてもらう。

すると、バッグの内ポケットの奥底から吸引型の気管支拡張薬を見つけた。

伸びてきた手に渡すと、ホッと安堵したような表情で彼はそれを口元へ運んだ。

そして、私は彼が落ち着くまで背中を手のひらでさすった。

◇

「はぁ……お嬢さん、忙しいところすまない。助かったよ、ありがとう」

「とんでもないです、気づけてよかったです……」

インカムで友子に連絡を取ってカウンターを任せ、その場で彼を少し休ませたあとゲストルームに誘導した。

ソファーに深く腰かけたレノックス会長は、安堵したように深く息をついている。

――本当によかった……

クリスのお祖父さまでレノックス社のレノックス会長は、鷲宮会長の学友であり長年のご友人だ。

レノックス会長は長年気管支系の病気を患っており、季節の変わり目や生活環境、そして自身の疲労やストレスなどで、こういった発作が起きてしまうのだと教えてくれた。お付きの秘書にお遣いを頼み、玄関前のロータリーで降ろしてもらったあと、どことなく息苦しさを感じ、休んでいたところだったらしい。そこで発作の気配を感じ早めに薬を……と思っていたら、焦りからどんどん苦しくなってきて、なかなか見つけられなかったのだそう。大事に至らなくて本当によかった。

「病院へのご案内は本当によろしいのですか？」

「あぁ、もうじき秘書が戻ってくる。息子とも合流する予定だから、彼らにお願いするよ。……それまで話し相手になってくれるかね？　またならんとも限らなくて」

「もちろんです」

はじめからそのつもりだったので、私のほうも軽い自己紹介をしたあとにお茶の準備をする。

体調をよく知る人が病院を手配してくれるのなら、それが一番安心だ。以前、クリスからとても厳しいおじいさまだと聞いていたが、レノックス会長は終始ニコニコしていて、そんな雰囲気は感じなかった。

「君は……サカエの秘書だったんだな」

お茶出しして近くに控えると、レノックス会長が渡した名刺にもう一度視線を落とし尋ねてきた。

会長の秘書として改めて日ごろの感謝の念を伝える。どうやらロビーの薔薇《ばら》のオブジェがお気に召したようで、朗らかな笑みを見せてくれた。

「エントランスのデコレーション、見事だったよ。私有地の薔薇《ばら》だと本人から聞いたが、本当かい？」

「この日のために、大切に管理してきたと聞いております」

「サカエはマメだからなあ……。今回はクリスの面倒も見てもらえて本当に助かった」

ボスのもてなしが褒められ誇らしくなる一方で、出てきたその名前にピクリと反応してしまう。

「クリス……ですか」

「ああ、知っていると思うが、私の孫だ。あいつには、ほとほと困らされていてね……。実は激しく口論になったから、今回の長期研修はお互い頭を冷やす意味もあって頼んだんだ」

はじめて聞く情報に驚いて目を見開く。

「え……口論、ですか？」

クリスは図書館でこそあんな感じだったが、とても無邪気で穏やかな性格だ。それに彼の中で、厳格な祖父は絶対的な存在だとも聞いていた。

そんなおじいさまと喧嘩だなんて、意外すぎる。

「まあ、せっかくの縁だ。頭の固い老人の愚痴《ぐち》とでも思って聞いてくれるかい？」

レノックス会長はよほど困っていたのだろう。はじめて会う私にそんな前置きをすると、私が頷くのを確認してゆっくり話しはじめた。

「私が懇意にしてる経営仲間の孫に、とても穏やかで気立てのいいお嬢さんがいてね、クリスとも相性がよさそうだから、公私ともにいいパートナーにと、先方と考えていたんだ」

「公私ともにというのは……」

もしかして――

「ああ、いわゆる政略結婚ともいうやつだな」

言葉が、出てこなかった……

「しかし……クリスにはずっと思い人がいたようでね、どうしても嫌だと言った」

「――」

「だが、相手側はもうその気になっていて、そう安易に断れるものでもない。……だから、日本に発つ前、その恋が叶わなかった場合、縁談を受け入れるという約束をさせたんだ」

聞いている間に自然と息が詰まってきてしまった。

〝思い人〟――レノックス会長は知らないが、それは、紛れもなく私のことだ。

ふと、社長室で抱きしめられたときの叫びが蘇《よみがえ》る。

『……七年も君を思っていたのに――諦めたら、ぜんぶ終わってしまう』

〝終わる〟という言葉が引っかかっていたけれど、そういうことだったんだ。

「……まぁ、その際に口論になったわけだ。実際残念な結果になって、クリスは縁談を受け入れることになったんだが、出発前にそんなことがあったから、今日はどんな顔をしたらいいかわからないんだ」

レノックス会長はそう打ち明けると、寂しそうにグラスを傾けた。

その表情は、少し後悔しているようにも見える。

親しい肉親だからこそ言葉が足りなかったり、逆に感情のままに思ってもいないことを言いすぎたりしてしまうこともある。

とはいえ、私だってそんな身勝手なことを言われたら、クリスと同じように怒るだろう。それも好きな人がいるならなおさら。

なんて声をかけるべきだろう……

言葉を探していた、そのとき。

突然、ジジジ……と音がしてインカムが繋がった。

すぐに、藤森さんの声が耳に届く。

『國井、坪井から連絡だ。少し早いがグレン氏が到着したらしいぞ』

はっ！　と緊張で呼吸が震えた。

――このタイミングで……

クリスとレノックス会長のことは気になるが、ひとまず彼に断り、ほかの社員にレノックス会長の応対を引き継いで私は会場へ急いだ。

◇

会場入りすると、肇社長のオープニングの挨拶《あいさつ》が終わったところだった。

薔薇《ばら》で彩られた華やかな会場内は多くの参加者でにぎわっている。参加者は会話と私の手配した料理を楽しんでいるようだ。

さまざまなルーツを持つ参加者が揃うことから、本日は多くの国の代表的な料理を準備していた。和食はもちろん北米と南米に欧州、アジアまで。

もちろんバランスよく、談話しながら摘まめるような一口サイズ。

気を配って用意したため、和気あいあいとした雰囲気を見ると嬉しくなる。

――だが、私の勝負はこれからだ。

会場には招待客のほかに、それをフォローするホールスタッフが行き交っている。

その合間を縫うように進んでいると、前方に、社長とクリスの姿が見えた。フランス語の堪能な千秋さんと社長秘書の坪井さんが同席している。

私が社長たちと合流してすぐに、グレン氏が現れた。

「ミスター・ワシノミヤ、本日はどうぞよろしく。会えるのを楽しみにしていたよ」

「こちらこそ、今日は遠くからのお越し、ありがとうございます」

雑誌で見ていた通りの、彫りの深い意思の強そうな顔立ち。光沢のあるスーツはいかにも一級品で、すごくオーラのある人だった。

財界で大物と言われる肇社長を前にしても自分の姿勢を崩さない姿は、貫禄を感じさせる。

「グレン、久しぶりだね。今日は会えて嬉しいよ」

「クリス……!? 噂には聞いていたが、誰なのかわからなかったぞ」

肇社長と挨拶《あいさつ》のあと、学友のふたりも再会を喜び合う。聞いていた通りとても仲がよさそうだ。

一通り挨拶《あいさつ》を終えると、グレン氏は早速品定めするような視線で会場内を見渡した。

「――にしても、御社のパーティーは、随分と華やかだ……。食事のほうも美しくて楽しみだ」

そう言って意味深に微笑んだあと、ひとりひとり顔ぶれを窺っていた視線を私で留め、足の先から頭のてっぺんまでをじろりと不躾に見つめた。

……どうやら、各々の役割を察したのだろう。

グレン氏とはメールで何度か料理の件でやり取りをしている。私が、このパーティーのメニューのラインナップを担当した『クニイ・サクラ』であることに気づいたに違いない。

負けじと凛とした姿勢で腰を折り挨拶《あいさつ》をした。

――大丈夫。ここまで頑張ったんだ。グレン氏がどんな人物だろうとも、負けられない。

本日のレセプションパーティーの料理は、都内の老舗一流洋食店へ協力を依頼した。

二十年間も第一線で活躍するシェフの真心をこめた料理はどれも一級品で、どんな美食家のお客さまにも喜ばれる、と言われるお店だった。

でも……私が重視したのは別のところにある。

「……ほぉ、地中海かぁ」

ほどなくして、タイミングを見たホールスタッフが、打ち合わせ通りワゴンカートで追加の料理を運んできてくれた。

個性的な五品は、数あるラインナップの中でもグレン氏のために準備したメニューだった。

まずは、オリーブオイルとハーブで味付けされた、とてもシンプルな魚介類と〝その地域〟の山菜を添えたアミューズスプーンが彼の手元に運ばれる。

グレン氏の目が興味深そうに細められた。

「本日はグレン氏に満足していただくため、とある店舗の協力を得て一部地中海と和を織り交ぜたオリジナルの料理を用意したと――担当者が申しておりました」

千秋さんの通訳によって社長の言葉が届くと、グレン氏は「へぇ」と面白そうに頷く。それから肉食獣のような目が私を見る。こ、こわすぎる。

「まぁ……知っているとは思うが俺は料理にも味にもうるさい。いくら可愛い秘書さんが時間をかけて準備してくれても、優しくはできない」

やっぱり私だと、バレている。

だが、グレン氏が料理を口にした瞬間、表情が、かすかに驚きに変わったような気がした。

きっと彼はこれから運ばれてくる料理を……知っているだろう。

――地中海料理とはとても広い範囲の国々の沿岸で栄えた、伝統ある食文化だ。

私はメジャーなものしか食べたことがないけれど、野菜や新鮮な魚・貝類を中心とし、オリーブオイルとハーブをふんだんに使う料理が多い。エグゼクティブの接待では、一部の高級な料理しか出ないけれど、地域で愛されている独特のスパイスや調理法からなる家庭料理や郷土料理もたくさんある。

今回グレン氏には、〝とある地域〟の味に寄せたメニューを用意した。

「へえ。これもはじめて食べた……。蟹クリームソースの中のこの粒状のものはパスタ？　プリプリ食感がとても癖になる」

クリスが次に届いた料理を口にして、感想を言う。この前の一件以来、クリスの心境がわからなくて心配していたが、好みだったようでホッとしてしまった。

「……懐かしい、な」

消え入りそうな小さな囁《ささや》き。

「グレンは知っているんだね、さすがグルメリポーター」

「リポーターじゃねぇ……！」

たまに腹の探り合いを繰り広げながらも、その場の空気はクリスのおかげでとても柔らかだった。

また、グレン氏は料理を口にするたび「地味だな」とか「定番すぎだ」なんて言っていたけれども……しだいに文句が減ってきた。

どの料理にも〝和〟を組み合わせるというオリジナリティーを出しながら、特有の香草を効かせた味付けにしてもらい、食材も調理法もその地域のものにしてもらった。

「――ラムとは珍しいねぇ……。スパイスが効いて香ばしい香りが食欲をそそる……」

四品目はパイに包まれた、独特のハーブとスパイスの効いたラム肉だった。

カラスミが散りばめられ、旬の野菜が添えられている。肇社長の口にも合ったようで、柔和な笑みを浮かべている。ちなみに招待客には、ほかに三種の味付けを用意していてどれも好評のようだ。

とはいえ、エグゼクティブをもてなす接待でラム肉を使用したメニューはなかなか珍しい。セレブたちには割安だし、相手はグルメと言われるお騒がせセレブ。ブログを見る限りどの企業も高級食材でもてなしているようだった。が、私があえてそこを突いたのには、きちんと狙いがある。

「依頼したシェフの生まれ育ったその地域では、とても愛されているお料理だと申しておりましたよ。担当者が」

わざとらしくそう言ったのは、千秋さんだ。社長の感想に対する返事と見せかけて、フランス語を添え、眼鏡の奥の瞳はグレン氏とその隣のクリスを映している。準備を進めるなか、私が彼に伝えた情報だった。

「それはどこの地域なんだい？」

勘のいい肇社長はなにかを察したようだ。おもむろに私を見て尋ねる。

両隣の千秋さんと坪井さんにアイコンタクトをとり、大きく頷いた。私は、意を決して口を開いた。

「……地中海に浮かぶとても美しい島だそうです。星が綺麗で、食材が豊富。今お持ちした料理はすべてその食材と調理法、調味料を使用しています」

訳された言葉を耳にして、はっと息を呑む気配がした。

どの人気店も酷評してばかりで、なかなか頷かないグレン氏。

結局、私には彼の嗜好を掴むことはできなかったけれど、私なりの最上級のオモテナシをさせてもらった。

あの天空劇場の、プラネタリウムの美しい星空を生み出した彼にならら……きっと届くだろう。

同時にホールスタッフによって、最後の料理が手渡された。

会長の大切に育てた薔薇《ばら》で美しく飾られた山羊のミルクプリンだった。周囲の参加者の間では、

「これは美しい」と華やかな見た目を褒める声が飛び交っている。

グレン氏は、じっと見つめたあと、口に運ぶ。そして、静かに目を閉じると——観念したように息をつき額に手を当てた。

「……はぁ、参ったなあ、ちがうだろう」

自分を落ち着かせるようにして、彼はゆっくり首を振った。

「これはシェフの地元の料理じゃない——俺の故郷の料理だろう……秘書さん」

グレン氏が困惑気味に私を見る。

「可愛い顔してなかなかやるなぁ。情報は一切公開してないはずだが……どうしてわかった？」

タネ明かしを求める彼の声色は、どこか楽しそうにも聞こえる。さっきまでの小バカにしたような色はもうない。クリスはその隣で、信じられないと言わんばかりに目を見開いていた。

グレン氏のために真相を明かすつもりはなかったが、本人が求めるなら別だ。

「――SNSの投稿画像です」

あのデートの翌日から、私は千秋さんの助言により写真に強く注目し、投稿履歴をさかのぼった。

そして数日かけて、見つけた。

五年ほど前の投稿だった。投稿が残っていたのは幸運とも言えるだろう。

同じように購入した名店のスイーツを撮影した彼の背後に、パソコンで拡大しないとよく見えないくらいの大きさで、黒いフォトフレームに飾られた二枚の写真が写りこんでいた。

民族衣装を着た中年女性の写真と……海のある簡素な街を包みこむ、あのプラネタリウムのような満天の星の写真。

それがどこの地域なのか、私の口から明かすつもりはない。彼も望んでいないだろう。でも、どちらも被写体の一番美しい瞬間を撮影したもので、グレン氏にとって大切なモノであることがひしひしと伝わってきた。

そして私は、女性が身につけた伝統的な衣装と、暗闇に浮かぶ街並みから地域を割り出し、盛んな料理を調べあげ、それを確かな腕で表現できる店とシェフを探し依頼した。

都内でシェフと出会えたのは、幸運だったと思う。

千秋さんは証拠がないだけに心配そうだったが、忙しいなか作業の相談に乗り、手伝ってくれた。

私の中に無意識に確信のようなナニカがあったのは、きっとクリスの情報のおかげだろう。

『グレンは庶子だと……聞いたことがある』

この噂の真相はわからないけれど、その人にとって特別でなければ、部屋に写真なんて飾るわけがないと思った。

私の話を聞いたグレン氏は静かに目を閉じて、スプーンを手にして最後の一口を頬張った。とてもとても嬉しそうに。

「……まさか、そんなところまで見られるとはなぁ……。どうりで母が作ってた、懐かしい料理ばかりだと思った」

そして、教えてくれた。あの写真は亡くなった彼の母で、星空は故郷の風景だそうだ。クリスと同じスクールに入る前の年に母が亡くなって、跡を継ぐために母を捨てた資産家の父に引き取られたらしい。

「跡継ぎを放棄して家ごと引っ掻き回してやろうと思っていたんだ。……今日のパーティーも難癖付けて困らせようと思っていたが……料理を食べて『ちゃんと大人になれ』と、母に叱られた気分になったよ」

そう打ち明けて私を見たグレン氏は、晴れやかに笑ってくれた。

それからの時間はとても穏やかなものだった。


――終わったぁ……。

エントランスでお見送りをしたあと、私は一気に全身から力が抜けた。

あれから、グレン氏は挑戦的な姿勢を改め、今後について肇社長と前向きな意見を交わしていた。

帰り際に「ありがとう、最高のモテナシだった」と笑顔で握手をしてもらえたときは、泣いてしまいそうになった。

「上出来です」

自然とよろけてしまったらしい。背後にいた千秋さんが支えてくれた。隣にいた坪井さんは、私たちのやりとりに目を瞬かせながらも、「お疲れ様」と労わってくれた。

「緊張しました……」

みんなで顔を合わせて微笑み合う——が、実はまだ終わってはいない。

坪井さんが先に慌ただしくホールの社長のもとに戻っていく。そこに取り残されたように、気まずそうに私たちを見つめる姿がひとつ。

図書館で遭遇したときは自信に溢れキラキラしていたのに、今日の彼は背筋を丸め、叱られた子供みたいだった。

宝石のようなグリーンの瞳を揺らしながら、気まずそうに一歩近づいてきた。

「チアキ、サクラ……」

そのときだった。

「クリス！」と友子が受付カウンターのほうから、血相を変えて走ってきた。

私たちの前で足を止めると、息を整える間もなく声を上げる。

「——さっき、お祖父さまの容態が、急変したみたい。今すぐ病院に向かって」

緊急事態に背筋が震えた。私たちはすぐさま動きだした。

友子の話によると、あのあとすぐに秘書が戻り、レノックス会長は日本にいる知人の医師に診てもらうことになったらしい。

だが、向かった病院での診察中に発作を起こしたらしく、クリスの父ことレノックスおじさんから連絡が入ったようだ。

千秋さんは英斗社長のほうで、どうしても対応しなければならない賓客がいると言っていた。

そんなわけで、藤森さんにインカムで事情を説明し、私がクリスを社用車で病院まで送り届けることになった。

「まさか、パーティーでも体調を崩していたなんて――サクラ……あんなことしたのに、ごめん」

詳細を聞いたクリスはとても不安そうだった。後部座席でずっと俯いている。

「その話はまたあとで……今はお祖父さまの心配をしよう」

後部座席から聞こえてきた弱弱しい声に言い聞かせ、病院へと急いだ。


病院に到着すると、病室の前にクリスの父が座っていた。

駆けつけると安堵したような表情で迎えてくれた。

「クリス！　サクラ……!?」

七年ぶりの再会で声が大きくなりそうになるが、今はそれどころでない。

「じーちゃんは？」

セレブ御用達と言われる大病院は、まるで高級ホテルのように豪華だ。

遠慮してロビーで待っているべきかと考えたが、対応していたのもあって私も心配だ。容態だけでも聞けたらと思って来てしまった。

「……ああ、ひとまず大丈夫だ」

レノックスおじさんはここまでのことを話してくれた。

「会話が難しいほどの発作だったんだが、ここが専門的な病院だったのが幸いしたよ。今は点滴をしてもらって容態は安定している。少しの間入院になるだろうが、ホッとしたよ」

私もそれを聞いて胸を撫でおろした。もしパーティー会場で発作が起きていたら、対応が遅れて大変なことになっていただろう。

会長はさきほど目覚めたそうで、レノックスおじさんはクリスの到着を待っていたらしい。クリスはレノックス会長の秘書に促され、個室の中へ静かに入っていく。

見えなくなってすぐ、レノックスおじさんが相変わらず堪能な日本語で気づかってくれた。

「サクラ、忙しいところ来てくれてありがとう。クリスがだいぶ迷惑をかけただろうに」

どこまで聞いているかはわからないが、おそらく告白してフラれたことくらいは知っているのだろうと察する。申し訳なく思いつつ、ふるふると首を横に振る。

「とんでもない、再会できて嬉しかったです」

「君は相変わらず優しい子だな。そんなサクラに申し訳ないんだが……私が戻るまでの間、もう少しクリスに付き添ってもらってもいいかい？」

心苦しそうに切り出され、どうしたのだろう？　と思う。

「もちろん構いませんが……」

藤森さんから、クリスをホテルまで送り届けたら、そのまま帰宅するようにと言われていた。また、クリスのほうは、今日で日本での勤務は終了だ。だから、帰国前に少しだけ話したいと考えていた。もちろん、レノックス会長の体調が最優先だが。

「病室で様子を見ていてくれるだけでいいんだ。この前クリスと父はちょっといろいろあって、またヒートアップしたら困るからね」

さっきレノックス会長が、ふたりは日本へ来る前に喧嘩したと言っていた。それが再燃して、レノックス会長の体に響かないか心配なわけだ。

ふたりの喧嘩の根因である私がいて問題ないか気になるけれど……

了承すると、レノックスおじさんは取り急ぎの手続きや電話対応へと向かった。


「失礼します」

ノックのあと、静かに入ると、クリスと談話していたレノックス会長が私を見て目を瞬かせた。

「君はさっきの……」

酸素マスクをしているが、顔色はよく穏やかな表情をしている。気分も悪くなさそうだ。なにより、ふたりとも喧嘩の空気も引きずっていない穏やかな雰囲気で安心した。

そして、改めて挨拶《あいさつ》すると、クリスからここまでの経緯や、私が片思いの相手であることを聞いたらしい。とても驚いた様子だった。

「……サクラとは、君のことだったんだな。ここまで世話をかけてしまったね」

とんでもないと首を横に振って、体調を窺う。

「お体は、大丈夫ですか……？」

「もう問題ないよ、君には二度もこんな弱った姿を見せてしまったな」

「僕からもありがとう、サクラ」

ふたりに感謝され、恐縮しながらベッドの横の勧められた椅子に座る。

当たり前のことをしただけなのだが、こんなにお礼を言われると照れてしまう。

「……それと、クリスのことも、迷惑をかけたな」

レノックス会長が言いにくそうに切りだし、ドキリとした。

「迷惑、だなんて……」

さっき、レノックスおじさんにも気づかわれたが、長年思いを寄せてくれていたことに関しては迷惑だと感じたことはない。そりゃあ、国立図書館での一件は困ったけれど。

クリスが隣で居心地の悪そうに視線を足元に落とすのを感じた。

「――今回クリスが君に言い寄ったのは、私が駆り立てたようなものだ。相手がすでに既婚者だとは考えが至らず、『その恋が叶わなかった場合、縁談を受け入れろ』と言ってしまったからな。わかっていれば、こんな無駄な時間など過ごさせずに、無理にでも、婚約させたんだが――」

レノックス会長はそう言って深く頭を下げたが、心は言いようのない感情に支配された。

無駄な時間……？

思考がピタリと止まってしまった。

「じーちゃん……だから、無駄っていうのは――」

「またお前は感情で物を言う……。実際、彼女にほかに好いた男がいて、婚姻関係にまであったんだ。無駄な時間でしかないだろう」

ふたりとも眉をひそめて睨み合い、やいやい口論がはじまる。

レノックスおじさんが、私を付き添わせた理由がよくわかってしまった。

……どうやらレノックス会長は、クリスや私とは違った考えをお持ちのようだ。

まだ落ち着いているが、このままヒートアップすれば、また喧嘩になってしまうかもしれない。

「お嬢さんはそう思わんかい？」

仲裁に入ろうとした私に、レノックス会長が身を乗り出し同意を求めてくる。

その目は自信に満ち溢れていたが、私は気持ちに嘘をつけなかった。

「……私は、無駄とは、思いません……」

きっぱり言うと、二方向からのグリーンの瞳が見開かれた。

「サクラ……」

相手はお客さまで、それも立場のあるエグゼクティブ。本来なら秘書の私が反論するのは許されないだろう。それでも、大人しく同意することはできなかった。

「ずっと、ひとりの人を好きでいるのって、そんなにおかしなことでしょうか？」

まっすぐレノックス会長を見つめ問いかけた。

レノックス会長の言いたいことはわかる。確かに私はクリスの気持ちを受け取ることはできないし、無駄になったと言われたらそれまでだ。それでも。

「叶わない恋を維持していく力って、ものすごく難しいと思うんです。本当に些細なことで一喜一憂しますし、その振り幅に耐えられなくて、好意を手放したくなるときもあります。自分でも、報われないと感じて傷つくこともあります」

私は基本的にあまり悩むのは得意ではないけれど。

それでも、この五年間、千秋さんの姿を追いながら、少しのことで心が浮き沈みしていたと思う。

褒められたときは最上級に嬉しくて、厳しく注意されたときは挽回を必死に試みて。

そして、ミーティングルームで見合いを拒絶されたときは、胸が引き裂かれるように痛かった。

苦しくて、悲しくて、どうにかなってしまいそうだった。

「私は、そんな振り幅の大きな感情を持ち続けられるって、すごいと思います」

レノックス会長が大きく目を見開いた。

「会長と同じように、理解しがたいかたもいらっしゃるでしょう……無駄だと思われるかもしれない。でも私は、そのくらい大切な相手に出会えること事態が奇跡で、自分への成長に繋がるのでは、と思っています」

「成長……」

レノックス会長のふいの呟きに、頷いて続ける。

「少なくとも私は、全然振り向いてもらえる素振りがなくて、ちょっとのことでは、へこたれなくなるくらいに、強くなりました」

ちょっぴり冗談交じりに応えてみると、「ハハハ」とレノックス会長が楽しそうに笑いだす。

「そうかそうか……」

自分ではない誰かを自分以上に愛し慈しむこと。それは、簡単にできることではない。

私は、その素敵な気持ちをたくさん抱え、前より何倍も強くなったはずのクリスには、また新たな一歩を踏み出して、幸せになってほしいと思う。

「サ、クラ……」

クリスが震えた声で私を呼ぶのが耳に届いた。

レノックス会長はしばし楽しそうに笑ったあと、大きく息をついて結論を口にした。

「ここまで感情論で論破されると、なにも言えなくなるもんだな……。わかったよ。そこまでいうなら、無駄ではないかもしれんな。恩人の熱意に免じて、クリスには、少し心を落ち着ける時間が必要そうだ……そんな気持ちのまま結婚させても、先方に失礼になるからな」

はっと目を見開く。

クリスが目を輝かせて、レノックス会長を見つめる。

「じーちゃん、それって――」

「まあ、お嬢さんが我が家に嫁いでくれてもいいぞ？　ずいぶんと勢いがあって気に入った――」

「えっ、そ、それは……っ」

和解の雰囲気にホッとした一瞬、レノックス会長が冗談を言いながら、私……いや、その背後に視線を送った、そのとき。

「――残念ながら、それは絶対に認められませんね」

両肩に、トンと温もりが触れ、背後から優しいグリーンの香りに包みこまれた。

まさかと思って顔を上げると、

「ち、千秋さん……」

「チアキと、父さん！」

まだパーティー会場にいるはずの千秋さんと、いつの間にか戻っていたレノックスおじさんが
「ハーイ」と扉の前で手を振っている。

「サクラ～ありがとう。迎えも来たから、帰ってオーケーだよ～」

いつからいたのだろう。「見せつけてくれるな」と口角を上げるレノックス会長を見るに、少し前からふたりはいたのかもしれない。

さっきのやり取りが見られていると思うと、なんだか恥ずかしくなってくる。

「君がチアキか。クリスが長い間世話になったね。とても優秀だとサカエから聞いているよ」

レノックス会長が笑顔で手を差し出し、千秋さんと握手を交わす。

「とんでもないです……入院と聞いて驚きましたが、顔色がよさそうで安心しました」

「お嬢さんのおかげで、楽しい時間を過ごせたからね。いい時間をありがとう」

レノックス会長はそう言って、本当に嬉しそうに笑っていた。

クリスもにこやかで、レノックスおじさんはみんなからに見えないところで、「ありがとう、サクラ」と親指を立てていた。仲直りできたふたりを見て、私も笑みが浮かんだ。

そうして終始和やかなムードのまま、私たちは三人に見送られ病室をあとにした。


「――チアキ……サクラ」

廊下に出てすぐに、呼び止められた。

あとを追ってきたその声の主は、振り向かずとも誰なのかわかる。

「クリス……」

クリスは私たちの前で立ち止まって、何度か肩を上下させる。

そして、呼吸が整わないうちに、勢いよく頭を下げた。

「――ごめん、ふたりとも……僕は、最低なことをしたのに」

静かに、きっぱりと力強く響き渡る声。

紡がれる声色から、心からの真剣な気持ちが伝わってきた。

「クリス……」

もう一度名前がこぼれると、彼は秘めていた心の内を打ち明けてくれた。

「はじめからわかっていたんだ。チアキがサクラを大事にしていることも、僕が入る隙なんてないことも……。でも、『偽装結婚』だって知ってから、欲が止められなくなった」

そう言って私たちを映す、宝石みたいな色の瞳が、苦しそうに揺れた。

「偽物なら……サクラをどうにかカナダに連れて帰ればいいって考えた。引き離してしまえば、サクラの心だって変わるかもしれないし、うまくじーちゃんを騙して僕が政略結婚する必要もなくなるって」

それを聞いて、国立図書館で宣戦布告してきたクリスを思い出す。

あれはクリスにとって、悲痛の叫びだったんだ。

「でも、いざ、言い寄ってみると、ふたりの間には、強い信頼関係があることを思い知らされた……。チアキに『軽視している』と指摘されたときには、我に返った……。ふたりを引き離すことを考えるあまり、僕は、周りが見えなくなって、サクラを傷付けていたんだって」

クリスは「本当にごめん」と言いながら、もう一度深く頭を下げる。

「許してくれとは言わない。でも、帰国前に、きちんとふたりに謝罪をしたかった」

「……頭を上げて、クリス」

心苦しくなりながら近づき、腕にそっと触れる。

「確かに図書館でのことは驚いたけれど、クリスにも色んな事情があることがわかった」

歓迎会のあの日、長年の思いが打ち砕かれてからもずっと、クリスは私たちに笑顔で接してきてくれた。それは間違いなく彼の優しさが成したもので、彼は私たちが思う以上に、多く葛藤してきたに違いないだろう。

「打ち明けてくれて、ありがとう」

クリスはゆっくり顔を上げ、泣きそうな顔で私たちふたりをじっと見つめた。

そして、千秋さんもいう。

「桜さんへの誤解が解けたなら、俺からはもうなにも言うことはありません……クリスがまたなにか企もうとも、返り討ちにする自信がありますので」

千秋さんが悪い顔でそう続けると、クリスは目に溜めた涙をほろりとこぼしながら「本当に、チアキには敵わないな」と小さく笑った。そしてもう一度お礼を言って私を抱きしめ、それから千秋さんのことも抱きしめて、病室へと戻っていった。

第十三章　あなたと一《いち》からはじめたい

病院を出ると、夜の冷たい空気が頬を撫でた。

急いで私物の黒のトレンチコートを羽織《はお》るが、なかなかに寒い。無意識に肩が縮こまる。

「なんだか、色んなことがあった一日でしたね」

「パーティーに留まらず、トラブル続きでしたからね」

千秋さんはごく自然に私の手を取って上着のポケットに突っこむと、駐車場までの歩みを進めた。大きくて、優しくて、とても温かい。

「……本当に戻らなくて、平気なんですか？」

「問題ないですよ、大きな仕事はすべて終えてきたので」

自然と目が合い、ふたりの口角が上がる。

オモテナシは成功し、クリスとのわだかまりも無事に解決した。ぜんぶぜんぶ終わった私たちの間には、言葉にしがたい穏やかな空気が漂っていた。

千秋さんは歩きながら、私が去ったあと、パーティーであったことを報告してくれた。

——レセプションパーティーは滞りなく進んだようだ。

料理の評判はとてもよく、いくつかのメニューに関しては、予想よりもはやく皿が空くので、開発したシェフたちは大喜びだったそうだ。一緒に考えてきた私も、心が躍るように嬉しくなった。

だが、終盤を迎えた頃、重客の対応を終えた千秋さんのもとに、友子が相談に来たらしい。

彼女が困った素振りで見せてきたのは、見事に会場に置き去りになったままの、私とクリスの私物。

……忘れたことにも、全然気づいていなかった。

『……見事にぜんぶ忘れているな、ここはもう大丈夫だから、國井んところ行ってやれ。あいつ、今日一番頑張ったから労ってやれよ～！』

そう千秋さんに言ったのは、居合わせた藤森さんだったそうだ。

まだ、最後の次第が残っているのもあり、千秋さんは少し悩んだそうだ。しかし、それ以上にこちらの様子が気になり、佐藤室長と藤森さんにあとのことをお願いし、ここまで来てくれたそうだ。

ちなみにクリスの貴重品は、病院に着いてすぐに会ったレノックスおじさんに渡したそうだ。

「来たからには、今日まで頑張ったあなたを、しっかり褒めなきゃなりませんね」

「ふふ、それはとても嬉しいです、でも、千秋さんのおかげですよ。ひとりでは絶対に乗り切れませんでしたから」

デートの翌朝の千秋さんからのアドバイスがなければ、私はあの情報まで行き着くことができなかったかもしれない。

「そんなことはないでしょう」

だけど、千秋さんはさらりと否定した。

「ほかの社員では音を上げていてもおかしくない。あなたの粘り強さが功を成したんです。あなたがなんと言おうと、今回の成果はあなたの物です。自信を持ってください」

千秋さんにそんなことを言われたら、息苦しいほど胸がいっぱいになる。

彼には本当に敵わない。ありがとうと笑って素直に喜ぶことにした。

そのとき、ピピッと、まだ数メートル先にある千秋さんのセダン車の解除音が耳に届いた。

彼の手にはキーレスキーが握られ、その音で私も数台先に駐車する、自分の乗ってきた社用車に足を向けた。

だけど、一歩踏み出したところで手を取って、引かれる。

「え？　あの――」

千秋さんはなにも言わずに私の手を引いて、自分の車のほうへズンズン歩いていく。

彼がなにをしようとしているのかわからないが、体ごと引かれ千秋さんの乗ってきた車の傍へ連れてこられた。

「私も、車が――」

そう言いかけると、千秋さんは構わず後部座席の扉を開き、中に載せていたものに手を伸ばした。

「わかっていますよ、それは。でも、少しだけ……聞いてくれますか？」

――そうして、そこから出てきたものに、呼吸が止まってしまいそうになった。

なんで、こんなところに……

言葉に詰まって、震えた。

「それ……」

抱えきれなそうな、大きな赤い薔薇《ばら》の花束。淡い街灯の光を受けて艶やかに輝いている。

私はこの大輪の薔薇《ばら》がどこのものか、言われなくてもすぐにわかってしまった。

「柄じゃないのはわかっていますが……きちんと、言葉にしておきたくて」

コツンとコンクリートの鳴る音とともに、街灯のオレンジに染まるダークスーツが近づいてきた。

「言葉って……」

「俺があなたにしたのは、偽装結婚の提案だけですから……だから、今度ははっきりと伝えたい」

千秋さんはそう微笑んで、暗闇のなかカサリとセロハンの音を立て、私にそっと薔薇《ばら》を差し出した。

「――桜さん、結婚式、挙げましょう」

はっきりと届いた。まるで夢みたいなプロポーズの言葉。一瞬にして胸の奥が熱くなる。

「けっこん、しき……」

花束の真ん中には、見覚えのある小さなベルベットのケースが添えられていた。

「あんなはじまりのままじゃ、またいつクリスみたいな輩に手を出されるか俺の心が落ち着かない……。だから、あなたと一《いち》からはじめたい」

花束が、ぐっと胸元に寄せられた。上品な薔薇《ばら》の香りが、鼻をくすぐる。

「あなたを愛してる。あなたとの将来を、きちんと誓い合いたい」

瞬く間に視界がぼやけた。花束を受け取りたいのに、その手すら震えて動かなかった。

――はじめの結婚の約束は、なんとも言えない気持ちだったのを覚えている。

『短期間でいいので、私と婚姻関係を結んでもらいたいんです』

まさに異名通りの悪魔のような口説き文句で、普通の夫婦とは程遠い関係だった。

『悪い男に惚れたと諦めて……このまま俺と一緒にいませんか？』

でも、心が通じ合ってからの彼は、不器用ながらまっすぐ気持ちをぶつけてくれるようになった。

偽装を提案した過去の自分に感謝していると言いながら、ともに未来を歩むことを強く願ってくれるようになった。

私は十分すぎるほど幸せで、これ以上望むものなんてない。

そう思っていたのに――……

「……返事は？」

私しか知らない甘い声で催促され、とうとう涙が頬を伝った。

ポロリとこぼれた一筋を、千秋さんが苦笑しながら拭ってくれた。

「するに……するに決まっているじゃないですかあ……っ」

熱い気持ちがこみあげてくる。受け取った薔薇《ばら》の花束は、腕が回りきらないほど大きくて、むせ返るほど甘い香りがする、はじめてのデートで見た鷺宮会長の大切な薔薇《ばら》だ。

「私こそ、誓い合いたいです」

花束ごとそっと抱きしめられ、ダークスーツに身を寄せる。

「誓い合って、実感したいです……もう私たちに期限なんてなく、ずっと一緒にいられるんだって……」

「……当たり前でしょう。あなたのいない生活なんて、俺には耐えられない……」

彼が密かに笑う気配がすると、少しだけひんやりした千秋さんの手が頬に触れ、淡いライトに照らされた端整な顔が近づいてきた。

一度だけ、そっと触れる優しい唇。

でもすぐに喉の渇きを潤すように、深く口づけられる。粘膜を擦り合わせて、舌を絡め合って、貪り合って……最後に重なり合ったのは、ふたりの熱のこもった眼差しだった。

◇

「ん……っ、ふ、――んんっ、ちょっと、まって……ベッドに――」

「……無理。あんな物欲しげに見つめられて、余裕なんてありません」

帰宅するとベッドに向かう間もなく、ダイニングで唇を塞《ふさ》がれた。

壁に背中を押し付けられキスをしながら、ファスナーを下ろされワンピースを脱がされる。

テーブルには襲われる前にどうにか生けた深紅の薔薇《ばら》が、乱れていく私たちを見つめていた。

「だいたい、こっちは、ずっと気が気ではなかったんですよ」

千秋さんのスーツの上着と紺のネクタイが、床で丸まるワンピースの上に重なった。

キスだけで頭の蕩《とろ》けていた私は、グレン氏の料理の件を心配されていると考えた。

「リサーチ……いろいろと迷惑かけて、すみません」

「――仕事じゃない」

「ん、あっ……」

キャミソールとブラジャーを剥がされ、ショーツだけの姿にされる。ふるんとこぼれ出た小ぶりの胸を彼の大きな両手のひらが拾った。

「クリスが、隙あらばあなたに言い寄るのではないかと、ずっと、不安で仕方なかった……どうすれば、社内で顔を合わせずに済むかとスケジュールを考慮するのに苦労した」

やわやわと揉みしだかれ、「ぁ、ああ……っ」と甘い吐息がこぼれる。

でも、ちょっと待って。それじゃあ、社内であまり顔を合わせなかったのって……それって――

「やきもち……？」

「……そうですよ」

「あん……っ！」

キュッと優しく乳首を摘まれた。

「……あなたのことになると、冷静なんかじゃいられない。いつだって抑えが効かなくなるんです」

絶妙な力加減で捏ね回されたり、ぐりぐり押しつぶされたりする。そうして張り詰めて色味と硬度を増した先端に、千秋さんが吸い寄せられるように顔を近づけた。

「ああっ、んぅ……！　んぁ――っ」

見せつけるように舌を出して、色づいた周辺を円を描くように舐め回される。それから焦れてどうしようもなくなった突起を、じゅる！　じゅる！　っと何度も強く吸いあげられた。

「んぁ！　あぁっ……そんなに、すわな――……ひあっ！」

「おいしい……」

壁に背中を押しつけ、千秋さんの頭を抱きしめながら体を震わせる。そうして身悶《みもだ》えしているうちに、胸を揉みしだいていた手が足の間に滑りこんだ。

クチュ……ッ。

恥ずかしくて、眩暈《めまい》がする。

すでに愛液で洪水のようになっていて、千秋さんの長くて綺麗な指がショーツの上をぬるっと滑るのがわかった。

「胸に触れただけで、すごいことになっている……桜はほんとに体も素直で、可愛いですね」

セックスのときだけの、被虐心を煽るような甘い呼び捨て。耳元で囁《ささや》かれてゾクゾクする。同時に腰のあたりに硬いものがグリッと押し付けられた。すぐにそれがなにか察し、うっとりと息がこぼれる。

「……ちあきさんも、おっきくなってる」

千秋さんが飢えた獣のような目で見つめながら私の手を取って、そこに導く。

指先に触れたスラックス越しの硬い感触に、呼応するようにまた蜜口からとろりと愛液が滲《にじ》むのを感じた。

「本来の期限の今日、あなたを本当に俺のモノにしたいと思っていた。今すぐ貫いて、早くナカに直接熱を注ぎたい……いい？」

これから避妊せず繋がることを予告されてしまい、ゾクゾクした。

無事にパーティーでの任務を果たし、永久の未来を誓い合った私たち。なんの気がかりもなくなった私たちには、欲を高める極上のスパイスでしかなかった。

——早く、欲しい……

私はコクコク頷いて、触発されるように、熱くなった欲棒をそっと握った。

服の上なのに、熱くて、硬くて……こんな大きなものに掻きまわされると思うだけで、呼吸が浅くなってしまう。

ゆっくり上下に撫でてみると、シャープな肩がたまに跳ねる。

いつも冷静な彼が、私の動きひとつで反応する姿が、たまらなく愛おしくて淫らな気持ちが煽られた。もっと見たいと思ったときには、体のほうが先に動いていた。

「さくら……？」

彼の前に膝立ちして、大きく張りあげるスラックスの上にキスをした。

「私も千秋さんに触れたい。舐めても、いいですか……？」

ドキドキしながら視線を上げる。

千秋さんがいつも私を愛撫するように、今日は私が彼を悦くしてあげたい……

いつだって私を大切にしてくれる彼のことを労わって、気持ちよくしてあげたい。

千秋さんは小さく息を呑んで私を見つめたあと、嬉しそうに私の頭を撫でてくれた。

「……無理は、しないでくださいね」

身長差を気づかってか、近くの椅子を引いて腰を下ろしてくれた。

スラックスを脱いで、下着をぐいっと押し下げると、中からぶるん……！　と陰茎が飛び出てきた。直視して、ゴクリと喉が鳴る。

——改めて見ると、すごくおっきい……

胸を高鳴らせながら彼の足元に膝をついて、滾《たぎ》った陰茎を手で支える。

そして、蜜を滲《にじ》ませる先端に、顔を近づけ、ちゅっと口づけた。苦みのある不思議な味が口腔内に広がる。

今までこんなことをしたことはないし、むしろしたいと考えたこともなかった。

だけど、千秋さんを前にすると貪欲になる。もっと、彼を感じて、千秋さんを知りたい。抑えられなくなる。

根元から先に向かって、たどたどしく舐めてゆく。うまくできているかわからないが、唾液を纏わせながら、彼が痛い思いをしないように優しく。

そうして行き着いた先の、張り詰めた先端をかぷりと口に含んだ。

「っ……」

彼の形のいい眉が切なげに寄せられたのを見逃さなかった。さらに口いっぱいに咥えこもうとすると、腰がビクリと揺れた。

「……痛い、ですか……？」

不安になって一度ちゅぽっ……と口から離して尋ねた。

「いや、痛くない。すごく悦くて……」

困ったように声を震わす彼を見て、蜜がとろりと太腿を伝うのがわかった。安堵して、また愛撫を再開した。

いつもクールで落ち着いた千秋さんのこんな姿を見ると、とても悪いことをしているように思うのに、もっと私で乱れる大好きな彼を見てみたいというイケナイ気持ちに駆られる。

「んっ、ふっ……むぐ――」

煽られて、奥まで咥えこんでみた。先端が喉に当たって苦しいが、なんとも言いがたい高揚した気分が心を刺激した。そのまま上下に頭を動かすと、はじめて焦った声が聞こえてきた。

「ぁ……待って」

どうしよう、ものすごく興奮する……手のひらも使って包みこみ、無我夢中で口淫を続けた。千秋さんに気持ちよくなってもらいたい……

「ンッ……ふぅ――んむ――」

力強い雄芯がズンズン喉の奥に突き刺さる。顎《あご》が外れそうで苦しかったのに、繰り返すうちに不思議と快楽が体を包み、鼻から声がもれ出た。

たまに口から出して強弱付けて吸い付いたり、舌を使ってねっとりと舐めあげたり。

そんなことを繰り返していると、余裕のない声が耳に届く。

「さくらっ、離して……っ」

口内の怒張がビクンと大きくふくれ限界をうったえていた。だけど聞こえないふりをした。上下しながら喉の奥深くまで雄芯を咥えこんだ。

「ぁっ――……はっ……！」

無視して何度か上下したあと、肥大した雄芯がぶるりと震え、喉の奥にどぴゅっと熱いモノが噴射される。はじめから受け入れるつもりだった私は流れこんできたそれを躊躇《ちゅうちょ》なく飲み干し、先端からにじむものまで丁寧に吸いあげた。

少しだけ苦しくて咳きこむ。だけど、私の愛撫だけで千秋さんを気持ちよくできたという、高揚感と達成感が入り混じった気持ちが心を占めていた。

視線を上げた瞬間、千秋さんに腕を引かれ、椅子に座る彼に抱えられた。

「あなたって人は……」

頬を掴んで上を向かされ、端整な顔が近づいてくる。

「あっ、キスは――」

まだ口の中の味が――

「んっ、ふぅ……」

だけど、構わず舌を絡めてくまなく探られる。唾液が行き交い、違和感のあった苦みがふたりのもので薄まり和らぐ。激しくなるキスとともに、舐めている間ずっと疼《うず》いて仕方なかったソコから、たちまち蜜のしたたる気配がした。

「ダメだと言ったのに悪い人ですね」

「んっ……いや、でした？」

心配になって尋ねると、燃えるように熱い唇が耳に触れた。

「いやなわけがない……最高に悦かった」

感想だけで、達してしまいそうだ。

「今度はふたりで悦くなりましょうか。舐めながらこんなにして、あなたも疼《うず》いて疼《うず》いて仕方なかったんでしょう……？」

千秋さんの長くて綺麗な指が、ショーツの上から敏感なソコに触れる。ツンと勃った敏感な突起を弾いて、焦らすように溝を撫でられる。クロッチの隙間からこぼれた蜜が太腿を濡らしていた。

「ぁ……んっ、もう……ナカにほしい」

はしたないけれど、この刺激すらもどかしい。疼《うず》いて仕方なかった。早くソコを彼の圧倒的な質量で満たしてひとつになりたい……そんな淫らな思考しか持てなかった。

「――可愛すぎ……なら、余さず感じてくださいよ」

あ……と思った瞬間、お尻を持ちあげられ、ショーツの隙間から千秋さんの力を取り戻した肉棒がねじこまれた。蜜が飛び散り、狭い内壁を掻き分けながら一気にぐちゅん！　と最奥まで挿入される。

「ああぁっ……！」

一瞬頭が追い付かなかった。たった今、欲を吐き出したはずなのに……もう、こんなにおっきくなっている……

ようやくひとつになれた幸福感で、そのまま達してしまいそうになった。

「はぁ、ぁん、ふぁ……きもち、い」

呼吸を整える間もなく腰を突きあげられ、脳が蕩《とろ》けそうな快感が幾度も襲いかかる。

千秋さんの余裕のない息遣いが聞こえて、さらに激しくナカを擦りあげられた。

「あなたをこうできるのは……俺だけですからね」

「ああっ……あんっ、はあぁ……！」

首にしがみつく。もっともっとと心と体が彼を求める。

挿入と同時に両足を抱えられていて、千秋さんが振り子のように動く私のナカを容赦なく突きこんでくる。熱い隘路《あいろ》を抉るように犯され、あまりの気持ちよさにガクガク震えた。

「……一緒にいればいるほど、どんどん浸食されているな」

「あっ、え？　ひぁっ⁉」

快楽に蕩《とろ》けきっていると、ゆらりと彼が立ちあがる気配がする。

体勢が変わったことで雄芯がより奥まで届くようになり、彼がなにか言ったような気がするのに、目の前がチカチカしてわからない。

「ああっ……だめぇ、これっ……ふかあ――ああっ！」

抱えあげられた状態の私のお尻を掴み、ぱんぱん腰を打ち付けられる。

彼のモノにリズミカルに突きあげられ、重力も相まっていつもより奥深くに届いて……今にも意識が飛んでしまいそうだった。

「少しくらいねじ曲がっていればいいものを……無自覚な癖にまっすぐで……」

「ああ！　ああ！」

逃げたくても逃げられない。動きに呼応してこぼれる声も、もう我慢できない。彼の囁《ささや》きは穏やかで優しいのに、立ったまま身動きの取れない私を犯す姿は、とてつもなく淫らな獣だった。

「――きっと、五年前から、はじまっていたんだろうな」

え……？

「……ごねん、まえ？　――ふひゃぁ！」

一瞬、聞き流してはいけないことが聞こえたような気がして、我に返った瞬間。千秋さんが私を抱えたまま移動する。一歩踏み出すごとにまた違った場所を刺激され、間抜けな声が出てしまった。

「桜には、教えてやらない……」

寝室にやってきて、繋がったままベッドに私だけ横たえる。それから鬱陶《うっとう》しそうに体に張り付くシャツを脱ぎ捨て、私の両足を押し広げ、またすぐに抽送を再開させた。

「あなたはずっと、俺のことだけ考えていればいい――」

「ああ！　だめぇ、これも……ふか、い……っ」

極限まで押し開かれた足の間に、暴力的な質量が見せつけるようにどちゅどちゅ攻め挿っている。

深く繋がって苦しいのに、それ以上に気持ちがいい。

「〝いい〟の間違いでしょう……ちゃんと、桜が俺のモノになるところ、見ていて――」

愛液をまき散らしながら、子宮を貫くように抽送が激しくなる。

頭のなかが、どんどん真っ白に染めあげられていく。

気持ちよすぎて、もうっ――

「ちあきさっ、だめっ……」

下肢が電流を浴びたみたいに痙攣《けいれん》し、ぎゅん！　とナカも収縮する。目を白黒させていると、凄まじい絶頂を迎えた。

「あっ、あぁ……！」

「――っ、締めすぎ」

それに煽られたように千秋さんも低く呻《うめ》き、一心不乱に剛直を叩きつける。まるで征服欲を味わうように私を犯したあと、ほどなくして腰を震わせた。

「っは……――」

ドクッ、ドク……雄芯が震え、吐精を感じたナカがジワリと熱くなる。しばらく、繋がった場所が脈動を繰り返すのを感じていた。

「……千秋さん、大好き」

繋がったまま脱力した千秋さんが崩れ落ちてきて、抱きしめられる。ぎゅうっと抱きしめると、それ以上の力で返ってくるようになったのはいつ頃からだろう。

「……俺は、愛している」

笑い合って、抱きしめ合って、当たり前のようにキスをした。

――提案されたのは短期間の偽装結婚だった。

でも千秋さんは長年思いを寄せていた私の気持ちを邪険にせず、大切にすくいあげてくれた。

不愛想だとか、ロボットだとか、悪魔だとか。そんな風に言われているけれど、私はこんなにも誠実で優しい人と出会ったことがない。

きっとこれからも、ひとつ、またひとつ日を重ねるごとに、執念深い私の恋心は、深みを増していくだろう。

これからも、永遠に――

「来週から、職場が離れちゃいますね……」

「寂しいですか？」

「うーん……でも、家で会えるので割と大丈夫かも」

「……面白くない」

「ひゃあ！」

……翻弄されることは、いっぱいあるだろうけれど――そう確信している。

体を絡めながらもう一度、私たちは柔らかなシーツの波に沈みこんだ。

ダークスーツの似合うクールで美しい悪魔の素顔がこんなにも魅力的なのは……私だけの秘密だ。

エピローグ

それから瞬く間に月日が過ぎ去り、二月の某吉日。

私たちは本当の意味で自分たちを引き合わせてくれた、とある大切な人物のもとを訪れていた。

「なんと、式を挙げるのかぁ……！　めでたいな」

「会長には是非とも来ていただきたく、一足先にご挨拶《あいさつ》に参りました」

「挙式はしないと聞いて残念に思っていたが、よかった。楽しみだ」

終業後、こちらに出向いてくれた千秋さんと報告すると、鷲宮会長はデスクで満面の笑みを浮かべてくれた。その笑顔を見ていると、私たちも自然と笑みがこぼれる。

この三ヶ月間、とっても充実していて、時間が過ぎるのはあっという間だった。

――レノックス会長は三日ほどで退院し、クリスたちはその翌週に帰国した。

帰国前には、レノックスおじさんとともに、本社に挨拶《あいさつ》に訪れた。

『ハネムーンはカナダにおいでよ。引っ掻き回したお詫びに、僕がもてなすから』

仕事中の執務室にやってきたと思ったら、あの剣幕が嘘に思えるようなことをコッソリ言い残し、笑顔で帰っていった。明るく前向きなところは、昔から変わらない。

彼の政略結婚の行方はわからないけれど、きっと表情を見るに、悪いようにはいってないんだと思う。

また、同じ頃から、千秋さんが鷲宮フーズへの勤務に戻った。社内で彼の存在を感じることはなくなってしまったけれど、以前よりも業務が落ち着き、ふたりの時間が増えたように思う。

それにより、私たちはスムーズに挙式の準備に取りかかることができた。

用意周到な彼らしくトントン拍子に事は運び、レセプションパーティーの翌週には両家に報告をし、ふたりで意見を出し合いながら式場を決め、打ち合わせがはじまった。

報告を受けた両家の両親たちは大喜びで、海外在住の千秋さんのご兄妹とも近々会うことになっている。

予定はまだ三ヶ月ほど先で、秘書室のみんなには伝えていない。でも、引き合わせてくれた会長には先に報告しようという話になって、今に至る。

「――あの薔薇《ばら》は、そのために使ったということか」

私たちの報告を聞いた会長が納得したようにうなずいて、隣の千秋さんがピクリと反応する。

薔薇《ばら》の花束はあらかじめ会長にお願いして、オブジェとは別に用意してもらったらしい。千秋さんは購入するつもりだったらしいけれど、代金は受け取ってもらえなかったそうだ。

『別荘でとても気に入ったようだから……花を渡すならこれが一番喜ぶだろうと思ったんです』

プロポーズの翌朝、ベッドで耳を赤くしながら打ち明けてくれた可愛い千秋さんを思い出すと、今でも口元がだらしなく緩みそうになる。

「私が、なぜお前たちを引き合わせたか……わかるか？」

思い出してデレデレしていると、突然会長に尋ねられた。

なぜそんなこと聞くのだろう？　と思うくらいに、しっかりバッチリ覚えている。

見合いの席で、会長は私たちから似たものを感じると言っていた。そんな私たちなら、うまくやっていけるだろうと。

それが理由だと思ったのだけれど――

「世の中には、お膳立てしてやらんと、自分の気持ちにも気づけないような不器用なやつがおるんだよ」

会長は、よくわからないことを言いはじめる。

私が千秋さんに思いを寄せていたことを言っているかと思ったが、会長の目線の先にはなぜか千秋さんがいて、意味がちっともわからない。どういうことだろう。

「……わかりにくいから私は試したんだ。興味のないもので何度も焦らしたあとに、最後に好物を目の前に出せば喜んで食いつくだろう？　うまくいってよかった。薔薇《ばら》の花束が九十九本というのがなによりの理由だな」

「――会長」

隣の千秋さんが、急に声を上げた。

千秋さんには意味がわかるらしい。なぜか耳を真っ赤にしている。

――九十九本？

たくさんありすぎて本数なんて数えられなかったけれど――というか、ベッドになだれこんでそれどころじゃなかったんだけれど――もしかして千秋さん、数に意味を込めてくれたの？

ポカンとする私と妙に焦っている千秋さんを見て、会長は満足げな笑みを浮かべる。

「……なんだ、言ってないのか。まぁ、お前たちの〝重大な隠し事《ひみつ》〟を見て見ぬふりしてやったんだから、これくらい許せよ」

そして、笑顔で巨大な爆弾が降ってきた。

〝重大な隠し事《ひみつ》〟

全身に寒気が走り、ふたり言葉を失う。……思い当たることはひとつだけ。

――偽装結婚は、はじめからバレていた……？

そのあと、鷺宮家からの迎えが来るまで当たり障りない会話をして、逃げるように執務室を出た。


「相変わらず侮れない人だな」

「……し、心臓が、止まるかと」

騙すための工作が当の本人にバレているとは思わない。そして、引き合わせた件についてもよくわからないことを言っていたが……あれは結局なんのことだったのだろう。もしかしたら、私たちのほうが会長の企てた思惑に乗せられていた……？

いまとなっては、もうどちらでもいいのだけれど。

「……それよりも、薔薇《ばら》の九十九本って、なんのことですか？」

そう。私にとっては、こっちのほうが重要案件だった。はぐらかされまいと隣を歩く彼をじろりと見た。

薔薇《ばら》の花束とは私がもらったそれしかない！　意味があるなら知りたい！

「夕食、どこかで食べていきますか？」

だけど、突然、あからさまに話題を変え、先にすたすた廊下を行ってしまう千秋さん。

「え！　ちょっと……？」

いつものクールな表情に戻った横顔は、なにを考えているかわからない。けれど、その耳はほんのり赤いような……？

ちょうど来たエレベーターに乗ってしまうので、追いかけて私もぴょこっと飛びこむ。

「……意味を込めて、その本数にしてくれたんじゃないんですか？」

密室でふたりきりなのをいいことに、さらに詰め寄る。

無言の千秋さんの耳が、赤さを増したような気がする。

明後日のほうを見ている。表情は見えないが恥ずかしがっているのだろうか？　なら、なおさら私も引き下がりたくない。

「ちあきさ……――んむっ！」

顔を覗きこもうと一歩近づいたら、いきなり視界が真っ暗になった。

顎《あご》をすくって上を向かせた千秋さんが、そっと私の唇を塞《ふさ》いだ。

表面が触れ合って、数度啄《ついば》まれる。言葉を止めるだけの、たしなめるようなキス。

触れるだけとはいえ職場。密室でふたりとはいえ職場だ。

相変わらず業務中は厳しく、職務に忠実な彼がこんなことをするとは思わず、驚いて固まる。

「もう少し……待ってください」

名残惜しそうに唇が離れていき、囁《ささや》く声が耳に届く。

間抜けな顔をして目をパチクリする私に、千秋さんが戸惑《とまど》いがちに続ける。

「まだ理由を明確に伝えるのは難しいというか……あまりにも自然にあなたが心に入りこんできたから、最近まで気づかなかったというか――」

まるで感情を得たばかりのロボットみたいな物言いで、彼はブツブツ呟いた。さらに私の疑問を増やすような内容に、思わず正直な独り言がこぼれた。

「よくわからないので、やっぱり調べたほうがいいかも……？」

エレベーターが一階に到着し、千秋さんに出るように促される。

薔薇《ばら》の本数の意味なら、調べればすぐにわかるはずだ。そうしようと思いながらエントランスに出た。

すると、帰宅の人波に紛れ、耳元にサラリとした黒髪が近づいてくる。

「そんなことしようものなら、あなたがなにか言う気も失せるくらい、グズグズに可愛がりますけどね……ベッドで」

「っひ……!?」

脅しのような、なんともえっちな脅迫に、真っ赤になって大きな声が出た。

「もう……な、なに言って……」

三日前も、焦らして焦らして蕩《とろ》けた私を絶頂に叩きあげた夜の千秋さんの姿が蘇《よみがえ》り、ポッと頬に熱が灯る。

普段クールな癖して、夜になると獣みたいに貪欲に求めてくるのは、本当にずるいと思う。

「職場が離れて寂しさも覚えていたので、朝までそう過ごすのも、悪くないでしょう……ほら、桜さんも早く子供を授かりたいと言っていでしょう」

——この人は、本当に……

今日も、千秋さんの意地悪に翻弄されている。

結局のところ、単純でどうしようもなく千秋さんに惚れている私が、何枚も上手な彼に敵うわけがないのだ。悔しいが、もう認めるしかない。

だけど……

『あいつにも、あんな顔ができるんだな』

『表情が柔らかくなったのは、桜のおかげかしら?』

少し前、私と話す千秋さんを見て、藤森さんと友子がそうからかってきた。

もちろん秘密にしていたい部分もあるけれど、彼の素敵なところをみんなに知ってもらえるのは素直に嬉しい。そして、おこがましいかもしれないけれど、私の存在が千秋さんを変えたように見えるとしたら、さらに嬉しい。

数日後、痺れを切らした私はこっそり九十九本の薔薇《ばら》の意味を調べてしまった。

――〝ずっと好きだった〟

思い当たることはひとつもない。言葉にされたことも一度もない。

だけど……もしかしたら千秋さんは、私が知っている以上に前から私に振り回されていたのかもしれない。

そうだったら、いいのにな――

心から、そう思った。

愛され乱される、オトナの恋。溺愛主義の恋愛レーベル

BOOKS Eternity

BOOKS Eternity エタニティ

重くて甘い特濃ド執着ラブ!

おっきい彼氏とちっちゃい彼女

絶倫ヤクザと極甘過激な恋人生活

槇原《まきはら》まき

装丁イラスト／権田原

初恋相手の凪《なぎ》と再会し、お付き合いを始めた看護師のつむぎ。昔と変わらずチビの自分とは違い、凪は大きくて強くてつむぎにだけ特別甘いイケメン！　さらには、毎日の送り迎えに美味しいご飯、とろとろになるまで甘やかされるご奉仕Hの溺愛ぶり。たとえ彼が刺青《いれずみ》の入ったヤクザの跡取りでも全然平気――なのだけど、身長差四七センチのふたりには、ある〝巨大で根本的な問題〟があって!?

詳しくは公式サイトにてご確認ください。
https://eternity.alphapolis.co.jp/

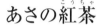

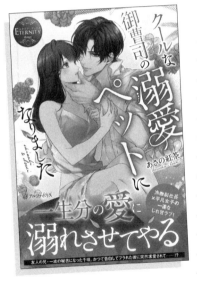

〜大人のための恋愛小説レーベル〜

ETERNITY エタニティブックス

ETERNITY エタニティブックス Rouge

甘い反撃に翻弄されて!?
隠れドS上司をうっかり襲ったら、独占愛で縛られました

エタニティブックス・赤

加地《かじ》アヤメ

装丁イラスト／南国ばなな

商品企画部で働く三十歳の春陽《はるひ》は、周囲の結婚ラッシュに財布と心を痛める日々。結婚相手どころか恋人すらいない自分は、一生独り身かも——と盛大に凹《へこ》んでいたある日、酔った勢いでクールな上司・千木良《ちぎら》を押し倒してしまって!? 「どうやら私は、かなり独占欲が強い、嫉妬深い男のようだよ」クールな隠れドＳ上司をうっかりその気にしてしまったアラサー女子の、甘すぎる受難！

※エタニティブックスは大人の女性のための恋愛小説レーベルです。ロゴマークの色で性描写の有無を判断することができます（赤・一定以上の性描写あり、ロゼ・性描写あり、白・性描写なし）。

詳しくは公式サイトにてご確認ください。
https://eternity.alphapolis.co.jp/

～大人のための恋愛小説レーベル～

ETERNITY
エタニティブックス

ETERNITY Rouge
エタニティブックス

淫らな独占欲に蕩かされて——
あいにくですが、エリート御曹司の蜜愛はお断りいたします。

エタニティブックス・赤

汐埼《しおき》ゆたか

装丁イラスト／つきのおまめ

三年前からビール工場のツアーアテンダントとして働く、二十九歳の吉野《よしの》。気楽なおひとりさまとして晩酌を楽しんでいたある晩、吉野は隣に座った男性・アキと意気投合し、彼を拾ってしまう。けれど彼の正体は、自分の会社の御曹司!?　面倒ごとはごめんだと慌てて逃げようとした吉野を、彼は驚くほどの独占欲と愛情で甘やかし——!?　年下御曹司に翻弄されまくる、至極の溺愛ロマンス！

※エタニティブックスは大人の女性のための恋愛小説レーベルです。ロゴマークの色で性描写の有無を判断することができます（赤・一定以上の性描写あり、ロゼ・性描写あり、白・性描写なし）。

詳しくは公式サイトにてご確認ください。
https://eternity.alphapolis.co.jp/

この作品に対する皆様のご意見・ご感想をお待ちしております。

おハガキ・お手紙は以下の宛先にお送りください。

【宛先】

〒150-6019 東京都渋谷区恵比寿 4-20-3 恵比寿ｶﾞｰﾃﾞﾝﾌﾟﾚｲｽﾀﾜｰ 19F
（株）アルファポリス　書籍感想係

メールフォームでのご意見・ご感想は右のＱＲコードから、
あるいは以下のワードで検索をかけてください。

アルファポリス　書籍の感想　検索

ご感想はこちらから

本書は、「アルファポリス」（https://www.alphapolis.co.jp/）に掲載されていたものを、
改題、改稿、加筆のうえ、書籍化したものです。

離《り》縁前提《えんぜんてい》の結婚《けっこん》ですが、
冷徹上《れいてつじょう》司《し》に甘《あま》く不埒《ふらち》に愛《め》でられています

みなつき菫（みなつき すみれ）

2024年 10月 31日初版発行

編集－星川ちひろ
編集長－倉持真理
発行者－梶本雄介
発行所－株式会社アルファポリス
〒150-6019 東京都渋谷区恵比寿4-20-3 恵比寿ｶﾞｰﾃﾞﾝﾌﾟﾚｲｽﾀﾜｰ19F
TEL 03-6277-1601（営業） 03-6277-1602（編集）
URL https://www.alphapolis.co.jp/
発売元－株式会社星雲社（共同出版社・流通責任出版社）
〒112-0005 東京都文京区水道1-3-30
TEL 03-3868-3275
装丁イラスト－水野かがり
装丁デザイン－川内すみれ（hive&co.,ltd.）
印刷－中央精版印刷株式会社

価格はカバーに表示されてあります。

落丁乱丁の場合はアルファポリスまでご連絡ください。

送料は小社負担でお取り替えします。


ISBN978-4-434-34657-6 C0093